童年

乡土中国小小说文丛

王彦艳　连俊超　主编

中原出版传媒集团
大地传媒
大象出版社
·郑州·

图书在版编目(CIP)数据

童年 / 王彦艳，连俊超主编.— 郑州 ：大象出版社，2016. 8
(乡土中国小小说文丛)
ISBN 978-7-5347-8567-2

Ⅰ. ①童… Ⅱ. ①王… ②连… Ⅲ. ①小小说—小说集—中国—当代 Ⅳ. ①I247. 8

中国版本图书馆 CIP 数据核字(2015)第 212366 号

乡土中国小小说文丛

童年

Tongnian

王彦艳　连俊超　主编

出 版 人　王刘纯
策　　划　孟建华　马国兴
责任编辑　李　丽
责任校对　马　宁　牛志远
美术编辑　王莉娟

出版发行　大象出版社(郑州市开元路 16 号　邮政编码 450044)
发行科　0371-63863551　总编室　0371-65597936
网　　址　www.daxiang.cn
印　　刷　新乡市龙泉印务有限公司
经　　销　各地新华书店经销
开　　本　787mm×1092mm　1/16
印　　张　10
字　　数　154 千字
版　　次　2016 年 8 月第 1 版　2016 年 8 月第 1 次印刷
定　　价　19.50 元

印厂地址　河南省新乡经济开发区中央大道中段
邮政编码　453731　　电话　0373-5590988

目 录

小成长

巩高峰

牙齿才刚刚松动的时候,我妈就用呵斥的语调提醒我——牙齿掉了不许用舌头舔,否则新牙长歪了找不着对象娶不上媳妇儿,要真那样,可别怪我没提醒你啊!

本来我没想过这事儿,没事儿谁舔它,不甜又不辣的。可是我妈这么一吓唬,我悄悄用舌头推了推松动的牙齿,疑惑地问:“舌头能舔歪新长出来的牙?可牙齿是硬的,舌头那么软,软的怎么可能把硬的舔歪呢?”

我妈眼睛一瞪,“当然了,水滴还石穿呢,什么软的硬的——人从乳牙到换牙,牙齿长出来两轮,可人到老了还不是牙齿掉光光,你见谁舌头老掉过吗?”

我皱眉想一想,有道理,可是……

大姐的悄悄话也来了:可要记住了,下面的牙掉了要朝上扔,扔房顶上,上面的牙掉了要朝下面扔,扔床底下。不能扔反了,否则新牙长出来不是大龅牙就是地包天,丑死了!

我脊背一阵发冷,大龅牙和地包天我在电影里都见过,长成那样,演电影都只能演反面角色大坏蛋,不要不要啊!虽然上面下面听着有点乱,但是分不清这个的话,后果太严重了,再说了,这总比奥数题要简单吧!

可是注意总敌不过意外。一天到晚盼着牙快点儿掉吧,可是它摇摇晃晃、趔趔趄趄,就是不掉。等到我一赌气,不管它了,爱怎样怎样吧,忽然一口饭"咯吱"一下,硌得牙床剧疼,吐出饭来,一颗小牙齿便羞涩地躺在那里,朝我笑。

上面的牙掉了,扔床底下——跟大姐确认了好几遍,这才小心地去掀床单。可是我二姐嫌脏,不肯,还吓唬我:"牙是有根的,你把它扔在床底下,它要是生根发芽怎么办?"

啊,那怎么办,要不我把它埋在树底下吧,这样安全一些。我悄悄挖了个小坑,像种一颗种子似的,小心地把它埋了。

这上面的牙倒好解决,可下面掉的牙想稳稳当当把它扔到屋顶上,的确有点难度,屋顶没有草,扔一次,骨碌碌滚下地来,摔到地上,牙床似乎都跟着痛。几次三番,不知是扔过了屋顶滚到了屋后的草丛里,还是侥幸被哪个瓦片挡住了,终于如愿。

可是,掉牙的那个地方好奇怪啊,一个软软的、深深的小洞——过些天那里竟然能长出一个花骨朵儿般的新牙?真是太神奇了!我忍不住轻轻舔一下,试探着看看它有什么反应。忍不住,又舔一下,好像新牙露头了,真的像发芽……一不留神竟然舔了那么多次——完了,该不会真的要长出一颗歪牙吧……

一个激灵,梦醒了。

掉牙长牙的日子里,梦真是出奇多。好在长成大龅牙的噩梦还是少数,最多的是梦见自己从卤味店偷了只又大又肥油光光的烧鸡,刚咬了一小口鸡皮,就被人家发现了,那么多人,举着棍子、刀子追啊撵啊。那么着急,可总也跑不快。糟了,前面是一堵墙,轻功,轻功呢?吓醒了,才发现睡觉时腿蜷着,难怪跑不快又飞不起来。

伸直腿,接着做梦。

身轻如燕,翻墙越树,轻巧地落在一棵百年老树的树杈间,慢慢啃着黄澄澄的烧鸡,怎么也啃不完……

嘣!一个响指敲在额头——啊,数学老师怎么会在面前?哦,上着课哪!教室里哄堂大笑。男生们笑笑也就算了,谁上课没打过瞌睡呢?奇怪的是那些女生,突然之间羞涩了,笑就笑好了,却红着脸,捂着嘴,仿佛瞬间成了陌生人。

数学老师满脸讥笑,所以这时我能做的动作,只能是羞愧地低下头,认错,等着熬过大家的哄笑和关注。可是这一低头,才发现口水早已洇湿了胸前的一大片衣服。

可是晚上再睡觉时,不知是担心还是提防,那些奇怪的梦没了。反倒是睡到半夜,小腿抽筋,把自己疼醒了,哇哇乱叫。我妈笑吟吟地安慰:“没事儿,长个子啦,要炖点骨头汤补补钙。”

长个子要疼吗?那小草发新芽、小麦抽麦穗、小树长枝叶,这些疼不疼呢?

这种问题不是数学题,是没有正确答案的。疼就疼吧,长个子还是好的,不然什么时候才可以轻松地把篮球投进篮筐呢?而眼前,最起码的好处就是能换掉我身上那条裤子。那条裤子是我大姐穿过给我二姐的,二姐穿短了又给我,又旧又难看也就算了,可那裤子是女式的,裤门开在左边腰胯那里,每次上厕所连小便都要蹲下来。同学都故意好奇地围观,还跟我开玩笑,怀疑我是不是混进了男厕所。

可是这些我不能跟我妈说,多难为情啊!更可气的是,我妈也一直不说给我换条新的。

终于有一天,早上起床,迷迷糊糊地眯着眼睛穿着衣服,忽然感觉脚脖子凉飕飕的,低头一看,裤脚挂在脚踝上面。心中一阵惊喜,于是顺势把裤子夸张地又往上提了提,拉开嗓门儿大喊:“妈!妈!裤子短了!”

我妈正做着早饭呢,湿着两只手,把我的裤子提了放,放了提,看了又看,然后笑了,感叹道:“这孩子,还真长个子了!”说着说着,又乐了,干脆一把扒下了那条裤子。

我那个兴奋啊,光着屁股坐回被窝,胡乱地憧憬着,也许我妈早就悄悄做好了一条新裤子,只等着这一天的到来。新裤子有几个口袋呢?当然越多越好,卡片、弹弓、零钱、玻璃球……至少要有四个口袋才够用!哈哈……

等待是熬人的漫长。好在我妈终于回来了,笑盈盈地说:“来,我把裤脚给你放下来了,凑合凑合再穿一年,你是男孩儿,长个子快,明年给你做条新裤子。”

看着那道颜色明显不一样的裤脚,我愣了半天,唉呀呀,真是哭死的心都有了。

小 事 情

巩高峰

在大人们看来,小孩子能有什么事情呢？大人们的事情,永远是大事情,首先、马上、必须要办,好像不立刻解决,明天的太阳都出不来了。而小孩子的事情,相对应的,只能是小事情,今天忙哪,明天累啊,后天忘记啦。小事情,忘记了又怎么样呢？

所以,大事情小孩子是没法办的,不是办不了,是大人不给机会。但是小事情呢,就只能小孩子来办。

比如说吧,正吃着饭,有小孩子慌里慌张从饭桌直奔水缸,舀一瓢水咕咚灌嘴里,摇头转脑晃一晃,吐在面前的地上。院子里的鸡鸭和狗一窝蜂挤上去,鸡飞狗跳的。可是地上只有一小片发红的口水——妈！我嘴里流血啦！小孩子皱起眉头,捂住腮帮子,一脸的苦涩,这才感觉出疼来,咝咝地倒吸凉气,好缓解疼痛——原来,是内讧，自己的牙齿和腮帮子干上啦。

饭桌上的母亲呵呵直笑：这孩子，是馋肉了，小事情小事情，别大呼小叫的！

小事情，是啊，小事情，你倒是把小事情解决了啊。上个月就说卖了那窝小猪秧子就买肉回来包饺子，现在老母猪又大了肚子，也没闻到饺子味道在哪儿，倒是枕头被口水湿过几回了。

能指望大人来解决小事情吗？那没准儿得过年。还是自己动手吧，弹弓、小刀、铁钎、火柴、盐，准备就绪，把牛拴在沟边上的大树根上，让它老实啃草，然后，向芦苇塘进发！

运气好的话，能逮只正在孵蛋的野鸭，运气不好，捉几只大青蛙还是手到擒来的，实在不行，就是谁家觅食不知归途的小公鸡遭殃了。于是，一阵青烟过后，每个人起码都见着肉了吧——那个肥嫩啊，焦急地等待下口的时候，铁钎还吱吱冒油。

这可比水饺里面目模糊的猪肉美味多了，当然，大人们是享受不到的。不过晚饭桌上，大人们多少还是能瞧出个端倪：今天牛肚子怎么那么瘪啊，你晚上少吃了一碗饭嘛，是不是又干坏事啦……

哎，爸，有个重要的问题请教你，我研究了很久也没有答案：为什么鸡叫鸡，而不叫牛？为什么狗叫狗，而不叫青蛙？为什么人叫人而不叫树？也不知道最早是谁给起的名字，依据是什么呢？又或者，这总得有点道理吧，是不是？如果以后牛叫狗，而狗叫鸡，鸡又叫树，树改叫人，这个世界会怎么样？会不会乱套啊？

大人的表情忽然奇怪地变化起来，仔细看甚至能看出白到红，红到黑。不过嘴巴确实张大了，却一直没有给出答案，良久，大人用手里的筷子往小孩儿的额头一戳，终于说出了话：哪那么多乱七八糟的事情，饭都堵不住嘴！

当然，口气是不屑一顾的，表情是不耐烦的，这意思再明了不过，这些是多么荒唐的小事情，竟然也需要研究。其实呢，小孩儿确实已经想破了脑袋也想不明白，不过本来并没有想问大人，别说大人没有答案，就是有，也肯定不是正确答案。这会儿拿出来问，不过是做个挡箭牌而已。

不过，总有些事情是大人解决的，小孩儿没法逃避，比如那个奇怪的事情，生病。

大人们口气轻蔑地说，人吃五谷杂粮，总是要生病的啊。可是为什么总是小孩子生病呢？更可恶的是，到底是谁发明的那些破药片药面儿啊，又苦又涩，难以下咽，吃下去不毒死人就不错了，医生竟然敢说那玩意儿能治病。

不过有一种药丸小孩儿是爱吃的，宝塔糖，那可是糖啊。宝塔糖当然是好吃的，可惜的是，只有在胳膊上画个十字，打一针，才能分到一颗。打针真是疼啊！蚂蚁咬马蜂蜇疼吧，可打针比蚂蚁咬马蜂蜇疼多了，而且能躲得过蚂蚁和马蜂，却躲不过医生，你哪怕躲厕所里去，也照样得抓出来，这可是打疫苗。

可令人恐怖的是：吃了糖之后，便便里忽然会有蚯蚓般的虫子。这导致小孩儿们惊慌地聚在一起讨论：难道医院给的宝塔糖里有虫子？

对于糖和虫子这件事情，大人们同样是不屑的，这么点小事情还要聚众讨论？那是你自己肚子里的蛔虫好不好，宝塔糖下肚才把虫子药死的！

哦，原来这样。从此以后，再生病的话，小孩儿只肯吃这种药，那种用糖水混合着的苦药是骗不过任何人的。眼看水要凉了，药要失效了，大人一生气，吼道：你吃不吃？不吃就把你抱去喂老母猪！

这句呵斥足够吓人，可是没几个小孩儿会真的吃这一套。他们早在背地里商议过了，得出的结论是：老母猪只吃青草、饲料和剩饭，没听说过老母猪会吃小孩儿的。

最后，大人们没办法了，只好把药往桌子上一放，起身推过自行车，无奈地说：既然不吃药，那病得治啊，现在只能带你去医院打针了。

小孩儿一听说要打针，脸色刷白，乖乖地跑上前捧起药碗咕咚咕咚喝了个干净。

捡糖纸

夏 阳

我七岁那年，湘云回来了。

湘云是我们村嫁出去的姑娘，一家人生活在上海。这次，趁着休探亲假，带先生、女儿回娘家住上一段日子，算是衣锦还乡。

我当时不明白湘云口里的“先生”是什么意思，看着她轻声细语地唤她带回来的那个男人，便感觉和我们父辈称呼学堂里的老师为先生是两码子事儿。湘云的先生很讲究，穿雪白的衬衫，笔挺的西裤，身上散发着一股淡淡的香皂味，喜欢坐在院中樟树下的摇椅上看书。每次看书前，他都要洗手，洗完后，再用雪白的毛巾擦干。这让我们一大帮解完手用干稻草或南瓜叶擦屁股的村人大开眼界。

湘云刚回来那阵，村里很多人都去瞧新鲜。刚在水田里劳作完的村人,还没来得及洗净脚上的泥巴,便往湘云的娘家凑,一边抽着湘云散发的香喷喷的纸烟,一边看着人家一家三口白白净净、衣着光鲜。一脸菜色的村人尴尬地赔着笑,内心不由得生出许多感慨。

我就是在那时盯上了湘云的女儿的。她叫榕榕,和我年纪相仿。用我今天饱经沧桑的眼光来看,不知道她长得是否漂亮。更可悲的是,我现在彻底记不起她的模样了。反正城里来的小女孩儿,在当时我这个衣不遮体的乡下孩子眼里,个个都是白雪公主,貌若天仙。

当我躲在门背后目不转睛地瞅着这个小女孩儿时,湘云善意地笑笑,直截了当地问我,要不要我们家的榕榕将来嫁给你?

要!我的回答,立刻招来哄堂大笑。

湘云不笑,严肃地问我,如果我把榕榕嫁给你,你打算怎么样对她好呢?

我挠了挠头,使劲地想,怎么样才算是对她好呢?我想了半天,还是想不出来。我一急,眼泪吧嗒吧嗒地掉,仿佛榕榕马上要嫁给别人了。

湘云和蔼地说,孩子,你别哭,你回去认真想想,想好了就告诉我。我给你三天时间。

我现在还清清楚楚地记得,那三天我是如何度过的。整整三天,我心里像着火一般。白天躺在夏阳冈的草堆里,流浪汉一样,望着天上的浮云发呆;晚上等娘睡下后,偷偷溜到夏阳河边,在河堤上来回踱步,踩碎了满地月光。银色的月光,在夏阳河面上拥挤、奔跑,喧声震天。

三天后,我如约站在湘云面前。我嗫嚅道,我想学会打鱼,每天给榕榕鱼吃。

湘云一怔,认真打量着我,问道,假如今天只打到了一条鱼,你会全部给榕榕吃吗?

会!

湘云又问,那你吃什么?总不能饿着肚子吧?

我想了一会儿,说,看着她吃得满意,我心里就饱了。

湘云点了点头,对旁边的人夸道,这孩子不简单,将来会有大出息。

我当时不明白湘云为什么会那样说,我只关心榕榕会不会嫁给我。看到未来的"丈母娘"点了头,我心里的石头刷一下落地了。我得意地想,娶了榕榕这样的城里姑娘,夏阳村的孩子就没人再敢小瞧我了。

以后,我每天明目张胆地去找榕榕玩,好像她就是我的。

榕榕说一口好听的上海话,软绵绵的,棉花糖一样,在我的心里漾出一道甜蜜的抛物线,让我如身处春天的花房,沉醉不醒。榕榕有一个爱好,就是喜欢收集糖纸。她搬出一个精致的木匣子,从里面取出一沓一沓的糖纸,花花绿绿,摆在我面前,说,可漂亮呢。我面对如此众多的糖纸,惊羡不已。我擦了擦鼻涕,像一个大男人一样豪气冲天地对她说,我一定要给你更多更漂亮的糖纸。

榕榕很乖地点了点头。

从此,我开始了我的捡糖纸生涯。

我像一条狗一样在村前村后、田间地头到处转悠,连路边的垃圾也不肯放过,只要发现是鲜艳的纸片,就捡回去交给榕榕。学校操场,村卫生站,唯一一家"蓬头垢面"的杂货店,都是我重点盯防的场所。那是一个物质匮乏的年代,很多人家连饭都吃不饱,哪有闲钱给小孩儿买糖吃?所以,尽管我非常努力,但收获甚小,偶尔捡回来几张,也是千篇一律的一分钱一块儿的水果糖糖纸,脏兮兮的,让我不敢面对榕榕失望的眼睛。

那天上午,我又在杂货店门口转悠,发现店里新进了一种高粱饴糖,三分钱一块儿,糖纸红艳艳的,煞是好看。我喜出望外,这种糖纸,榕榕是没有的。

我犹豫了好一会儿,悄声闪进家门,掀开米缸盖,从米里面挖出一个小布包,颤抖着从娘为数不多的角票中抽出一毛钱,悄悄出了门。

娘正在门口舂米,她似乎发现了什么,停下手里的活儿,目光锐利地盯着我。我低着头,攥钱的手在兜里直哆嗦,哆嗦了一阵,我一扭身,撒腿向杂货店跑去。

我买完糖,牛气冲天地直奔湘云的娘家。一进门,我大声喊着榕榕的名字。湘云的娘告诉我,一大早,榕榕全家就回上海去了。

山那边的童话

唐丽妮

祖宗

祖宗住在老屋。老屋里只有祖宗。祖宗有一张方桌子，一只圆口香炉。

祖宗最喜欢过节。奶奶不说，我也知道。

节日一到，奶奶就把家里最大的公鸡杀了，将鸡脖子一扭，把鸡头对着正前方，放锅里煮。豆荚啪啪跳，锅盖噗噗响，我的口水哗哗流，可奶奶不管。奶奶只管死守着锅盖不给揭。

好了。奶奶开了盖，吹一口气，白气儿飘走了。黄灿灿、油光光、香喷喷的大公鸡端出来，热腾腾摆上祖宗的方桌子。又摆上糖，摆上饼，摆上碗口粗的大米粽，还有一瓶烧酒，五只酒杯，五碗饭。

祖宗真贪吃,一个人要那么多。我还知道,奶奶的藤篮里还藏有好多好东西。

奶奶从藤篮里拿出香和烛,点燃,拜三拜,恭恭敬敬插入香炉里。不一会儿,香气儿就腾腾地钻鼻子,烟气儿就腾腾地飘屋顶。

风儿,给祖宗斟酒。

哎。一、二、三、四、五,五杯。烧酒真香,祖宗一定很喜欢。要不然,奶奶怎么让我斟了一次,还斟一次,再斟一次,一共斟三次?

风儿,快叫祖宗保佑风儿。

哎。跪下去,磕三个响头。

我看到祖宗了。呵呵呵……先是笑声从屋顶飘下来。然后,祖宗就下来了,顺着圆口香炉的烟气儿溜下来,溜竹竿儿一般,"吱"的一声,祖宗就站在我面前了。白衣白裤,白胡子,白眉毛,光脑袋。他弯着腰,笑眯眯地看我。一说话,白胡子就扫着我鼻子,痒酥酥的。祖宗说,小风儿,小风儿……

奶奶没看见祖宗。奶奶忙得很呢,忙着从藤篮往外掏宝贝,纸宝,纸钱,纸衣,纸屋子,拢成一堆,"哧"地划一根火柴,点过去。好,点着了。奶奶拿着一根小棍子,一心一意对付纸宝贝,挑一下,火就旺一些,再挑一下,火再旺一些。火烧起来了,烟浓起来了,灰飞起来了。

奶奶蹲在火堆旁,皱皱的脸一忽儿红,一忽儿暗,细碎的纸灰在头上飞来飞去。奶奶一边挑火一边念念有词,祖宗大恩大德,保佑咱风儿长命百岁,福禄富贵……

原来奶奶也看见祖宗了呢。

风儿,放爆竹,送祖宗。

哎——我喜滋滋地冲到藤篮边,那里还有一小卷爆竹。一把抓在手里,从香炉拔一支燃着的香,跑出老屋门外。爆竹搭在砖头上,我撅着屁股,手伸长,把香送过去,颤颤抖抖地点引线。

——冒烟了,赶紧跑。

啪,啪,啪……香扔了,鞋掉了,捂着耳朵钻到奶奶怀里。

祖宗走了,只喝了烧酒,没吃糖,没吃饼,大公鸡也没尝一口。

风儿,吃吧,快吃吧!奶奶把糖放我左口袋,把饼放我右口袋,两只大鸡腿塞到我一双手里。

奶奶,鸡腿真好吃!你也吃啊!我把一只鸡腿递给奶奶。

风儿吃,奶奶不爱吃鸡腿。奶奶撩起衣襟给我擦一下油腻腻的脏脸蛋。

哦,我忘了。那年,奶奶从村口把我捡回来时,就跟我说过,她不爱吃鸡腿,爱吃鸡屁股。

奶奶,我吃了祖宗的鸡腿,我不就变成祖宗了吗?我拍拍圆鼓鼓的肚子。

嗯。风儿就是奶奶的小祖宗。奶奶用手指轻轻一刮我的小鼻子。

土地公公

土地公公不住土地庙,住地底下。土地庙里坐着的那个泥像是土地公公的替身,替他管理粮食的。因为土地公公那么忙,又那么贪玩,他可坐不住。

白天呢,土地公公在地里钻来钻去,到田里看看稻谷,到山里看看树苗。有时候,也会藏在哪个土疙瘩下面,看活蹦乱跳的小孩子,或者挠挠他们的小脚丫。土地公公特别喜欢小孩子,尤其喜欢挠他们的光脚丫。土地公公的手是有仙气的,被他挠过脚丫子的小孩子都长得壮。如果你看到村里有哪个孩子长得特别神气,那一定是这孩子特乖,特招土地公公喜欢。

夜晚呢,土地公公就回到庙里,啃烧鸡,嘎嘣嘎嘣嚼得脆响。如果夜里你听到有嘎嘣嘎嘣的声音,别怕,那是土地公公在啃鸡骨头。土地公公还很爱喝酒,喝多了就唱唱跳跳。现在你知道了吧,夜里你听到的说话声,其实是土地公公在说醉话呢。

土地公公有很多朋友,都是他请去的。他整天在村子地底下溜达,有事儿没事儿就数老人的白头发。哪个老人的白头发和他差不多了,他就把人家请下去。他请老人喝喝酒,吃吃花生米,看看地底下的庄稼。地底下的庄稼就是庄稼的根。农民收庄稼的果实,土地公公收庄稼的根。他们相处了几千年,好得很,从来没吵过嘴。老人们呢,跟果实打了一辈子的交道,也想侍弄一下庄稼的根,再说,土地公公见识那么多,跟他拉拉话儿是十分开心的事情。所以,老人也都乐意交土地公公这个朋友。

有一些老人跟土地公公相处久了,连模样都变了,变得跟土地公公一模一样,还有了跟土地公公同样的仙气，成了另外很多个土地公公。现在呢，地底下已经有数不清的土地公公啦，他们在不同的地方和农民一起照看着庄稼和树林。

有时候，土地公公也会请错人的，把一个小孩子当成老人家请到地底下。有一次，他就差点儿把我请了去。

奶奶说，本来，土地公公是要请她去的，却错把请柬放在我的小胸口上。我是那么小那么小，石头做的请柬又是那么沉那么沉，在黑咕隆咚的夜里把我压了一宿，我这么个小不点儿哪受得了呀？眼看着只见出气不见进气了，奶奶气得颠着小脚跑到庙里把糊涂的土地公公骂了一通，还要了一小包香灰。

奶奶回到家的时候，灶上的药罐正好冒盖儿，噗噗地喷香气儿。奶奶把香灰撒在地上，再淋上一点点水。做完这些，奶奶就把药罐拿下来。拿下来不是倒药汁给我喝，而是把药罐搁在有点儿湿的香灰上，过一会儿，才又放回灶上。奶奶说，那是为了让药罐吸土地公公的仙气。难怪了，药罐一碰到地上的香灰就吱吱地叫唤，像小娃娃吃奶一样。后来，我喝了几次吸有仙气的药汁，果然就好了，活蹦乱跳的，比先前还要好，神气儿特别足。

奶奶就特别高兴，笑眯眯地说，风儿，你看，奶奶讲得没错吧？土地公公是有仙气的，讲话也算数，靠得住！难怪你爷爷要跟他走。

奶奶

奶奶好像快要死了。

奶奶躺在床上，身上盖着蓝布印花被子，皱皱的脸肿得像冬瓜，又大，又圆，又黑。奶奶已经不像奶奶的样子了，更加不像相片上的奶奶。

奶奶有一张相片，很旧很旧的，上面有一个院子，院墙有雕着花的窗子，有月亮一样的门，院里有一个莲花池，池里开满莲花，一个像仙女一样好看的姑娘站在莲池边。那是年轻时的奶奶，院子是奶奶年轻时的家。

奶奶一直闭着眼睛，好久好久都没睁开。

我脱了鞋子，爬到床上，躺在奶奶身边，盖上被子，又蹬开。夜里，只要我一蹬被子，奶奶一准儿醒，侧身帮我盖好被子，还摸索着把被角掖到我身下。可是，这一次奶奶没有醒，眼睛闭得紧紧的。于是，我想，奶奶可能快要死了。二丫说过，她的奶奶就是躺在床上,睡着,睡着,就死了。

我有点儿害怕。

奶奶,奶奶,你要死了吗?我坐起来,推奶奶。

奶奶的眼皮动了一下,又动了一下,然后就睁开啦。奶奶看到我着急的样子,笑了,轻轻地说,风儿,别害怕,奶奶不是要死了,奶奶是要到土地公公家做客哩。前年土地公公不是给奶奶下请柬了吗?还把请柬错放在风儿身上呢。

哦。这个我知道。土地公公不是每个人都请的,只有有福气的老人才能得到他的请柬。奶奶那么好,自然是有福气的人了。可是,我怎么没见过土地公公的请柬呢?

傻丫头,请谁谁才能看得到呀,要不然,那请柬不就被别人抢了去?

奶奶,你还会回来吗?

会啊!风儿想奶奶了,就给奶奶烧香,奶奶就会回来看风儿的。

那风儿天天给奶奶烧香,奶奶就天天回来吗?

那也不行啊。奶奶还要给土地公公当客人呢。爷爷也要奶奶陪着呀。

可是,风儿一个人会害怕啊。

不怕,不怕,风儿是最大胆的孩子。

奶奶从枕头下摸出一张黄黄的小纸条,让我拿给五爷。

五爷一看到纸条,眼圈就红了,哆哆嗦嗦打开。我爬上凳子,摸摸五爷的脸,湿湿的。我说,五爷爷不害怕,奶奶说了,是土地公公请她去玩耍,想她可以烧香哩。五爷摸摸我的头说,对,奶奶真有福气!五爷爷也想得到土地公公的请柬,跟奶奶一起去。我说,那不行,你和奶奶得轮流去。

我一觉醒来,接奶奶的红轿子就来了。

奶奶的红轿子真好看,红红的,长长的,上面还围着一圈彩色的纸,红一张,白一张,紫一张……像一片片莲花瓣儿。风一吹,莲花瓣儿就都打转,还有一阵阵好闻的香气儿,跟奶奶屋里的樟木箱子一样香。

转过一个山梁,再转过一个山梁,奶奶的红轿子在两棵高高的松树下停下来。两棵松树中间有个黑幽幽的洞,通到山的深处。

五爷爷,这就是去土地公公那儿的路吗?我问。

是啊。土地公公和爷爷在那边等着呢。五爷说。

走好啊！莲儿。五爷拍拍奶奶的红轿子,轻轻一推。

呼隆隆,奶奶的红轿子就滑进去了。

接着,我就听到了土地公公的笑声,还有爷爷的笑声,很多很多老人的笑声,在山洞里,地底下,草丛中,树梢上,到处都有,呵呵呵,呵呵呵……

我忽然很想奶奶。

五爷爷,烧香吧。

五爷就燃了两根大大的红蜡烛,点了一把细细的香,插在洞口的黄泥土上。烟气儿就飘起来了,围着洞口绕呀绕,白茫茫一片。

我对着洞口,手掌贴着手掌,鞋尖挨着鞋尖,恭恭敬敬跪了三跪,叩了九叩。

奶奶就出来了。

奶奶已经变了模样,变得跟相片上莲池边的奶奶一样年轻,一样好看,变成了莲花仙子。

风儿——奶奶的小祖宗。悠悠的烟气儿中,奶奶笑眯眯地走过来,用手指轻轻一刮我的小鼻子。

少年心事

刘建超

我十岁那年喜欢同院里的一位大姐姐。

大姐姐长得可好看。

高高的个儿,长长的腿,走路一蹦一跳,脑后的马尾辫甩来甩去。

大姐姐喜欢和女孩子们跳大绳。

两个人抡起拇指粗的大绳,其余的人排起长队依次从绳下穿过,谁被绳子绊住就被罚去抡大绳。

我喜欢看大姐姐跳绳,男孩儿来找我去玩"攻城"游戏,我不去。

他们说我爱和女生玩,流氓。我不理他们。

大姐姐跳出了汗,就从花格格上衣兜儿里掏出一块叠得四四方方的白手绢,轻轻地揩额头上的汗。

我都是把汗和鼻涕一起贡献给自己的两只袖头,把袖口蹭得黑亮。

我想引起大姐姐的注意,故意从她身边跑来跑去。

大姐姐根本没觉察到我的存在。

想起来了,我刚刚学会了侧手翻筋斗。

我开始在跳绳的女生旁边翻筋斗,一个接一个。

有几个女生看到我了,大姐姐没看到。

我又转到大姐姐的对面继续翻,累得气喘吁吁。

我看到大姐姐用手指把零乱的头发往耳后捋捋,继续跳绳。

我的筋斗就随着大姐姐的视线走。

头晕目眩,天旋地转,砰,身子打了几个滚就轱辘到大绳里了。

我终于引起了大姐姐的注意,听她问身边的女孩儿:这谁家的孩子?怎么这么讨厌!

妈妈惊奇地看着我头上的包,问,怎么回事?

我委屈地哭了,说,你给我买个白手绢!

部队大院俱乐部前面是个足球场,我们称它为大操场。

大操场四周长满了树,有柏树,有果树。

果树挂果时,孩子们都爱去大操场玩。

家长再三交代不能去摘公家的果子,可馋嘴的孩子管不住自己。午睡时是大人最少的时候,也是孩子们去大操场的最好时机。

我远远就看见大姐姐和一群女生在一棵大果树下踢毽子。

我知道她们也想摘树上的果子,踢毽子只是作掩护。

果然,她们开始想办法摘果子了,用根小棍敲打。

我至今也没记住那是棵什么果树,树干灰黑,结的果子有玻璃球大,三五个一串,酸酸甜甜的。

女生打落了低处的几个果子后就望"果"兴叹了。

我看到大姐姐仰头望着树上的果子,嘴里还喃喃地说,红的都在高处。

我从没上过树,却不知哪儿来的勇气,自告奋勇地爬上了果树。

诱人的果实都在“险峰”处，我骑在树枝上一点一点靠近果实，摘下一串一串的果子抛到树下，红的，大的，我就抛给大姐姐。

我看到了大姐姐满足的笑，她还不时地给我指点着，右边，右下方那串，对对。左前方，头顶上，对。大姐姐的声音真好听。

我还兴致勃勃，女生已经吃够了，开始嚷着牙酸。

不知道是谁说，该吹起床号了，走吧。

女生嘻嘻哈哈就往家属院走，大姐姐就没再回头往树上看一眼。

我才知道自己陷入了多么糟糕的境地，我没法从树上下来。

人走光了，我裤子都蹭破了，还是下不来。我就大喊大叫，结果纠察叔叔找梯子把我拽下来了。

叔叔把我交给我妈，我屁股上重重地挨了一脚，嘿嘿，不疼。

大操场的一端有沙坑，孩子们在沙坑堆沙堆，挖地道。

大姐姐来了，拿了一根竹竿，把小孩子往沙坑外轰。

学校开运动会，大姐姐参加跳高比赛。

大姐姐看着一群小孩儿说，谁来举竿子？

我高高地举起了手。

我和二胖被选中擎竿。

大姐姐调整了一个高度，说，就这样端着，别动。

大姐姐跳了一次，没过。又跳了一次，还没过。大姐姐皱了眉头。

第三次，大姐姐跳过去了。我讨好拍手。

二胖告状说我故意把竿子放低了。

大姐姐很生气地拨拉着我的头，捣什么乱，去一边，换个人来。

我砸了二胖家的玻璃。

大姐姐被挑选参加部队的文艺宣传队，和一群当兵的唱歌跳舞。

我放学就到俱乐部去看大姐姐的排练。

大姐姐唱不好一段曲子，当宣传队队长的叔叔在说大姐姐。

大姐姐哭了。

我也难受,回家不吃饭。

我就找碴整我们班的阿飞,我是班长,我有权。

我罚他扫地、打水、倒灰,阿飞不服,不服就揍他。

阿飞的爸爸带着阿飞来我家告状。

阿飞的爸爸是宣传队队长。

大姐姐要和宣传队下部队演出。

叔叔阿姨在往车上装道具,大姐姐站在一棵榕树下,榕树开满了小扇子一样的粉红色花。

大姐姐坐车走了。

我每天放学都到大姐姐站过的那棵榕树下盼她回来。

有一天,放学后,我找不到那棵榕树了,到处都是新挖的坑。

爸爸回家,说他参加了义务劳动,把俱乐部前面的树都移走了,要扩建修路。

晚饭后,爸爸说要继续给我讲故事,我捂着耳朵大声说,我不听!

远远就见大姐姐和几个女生有说有笑。

刚刚下过雨的大操场留下一洼一洼的浅水。

天很蓝,云很白。水中有蓝天和白云的影子。

大姐姐小心翼翼地踮着脚尖绕过水洼。

我觉得自己表演的机会来了。

我刚刚参加了学校的运动会,获得小学组跳远第一名。

我瞅准了个好机会,大姐姐正好走到一片水洼前。

我噌噌奔跑过去,腾地跃起,从水洼上一跃而过。

我听到了女生“哇”的惊叹声。

我忽略了脚下的路还很滑,落地后,整个后背贴着地皮就滑出去了。

在女生嘻嘻哈哈的笑声中,我听到大姐姐说,跃起的一霎还挺潇洒。

我脸臊得通红,爬起来就跑,不让大姐姐看出我是谁!

大姐姐参军了,绿军装,大红花,真好看。

我们学校扭秧歌欢送。我扭得最欢。

在大姐姐的那辆车前,我扭着秧歌不走。

后面的同学催我,我还不走。他就推我。

我摔倒了。

大姐姐笑了,还和我挥挥手。

我心里那个美啊,真感谢把我推倒的那个同学。

回到家,洗完脸照镜子。

忽然想起,我戴着大头娃娃面罩扭秧歌,大姐姐根本就看不到我。

我再也见不到大姐姐了,才发现自己的腿也蹭破皮了。

我转身找推倒我的那个同学算账去!

二十年后,我和大姐姐不期而遇。

说起部队的大院,她点头,记得记得。

说起俱乐部,大操场,她点头,记得记得。

说起大果树,宣传队,她点头,记得记得。

说起我当初的种种表现,她摇摇头,是吗?我怎么不记得?

我的泪啊……

忆　趣

刘建超

姗姗抱着饼干桶,圆圆的饼干飘着香味,馋得人闭着嘴都挡不住口水。

我说,姗姗,我给你变戏法。

我从饼干桶里拿出一块饼干,你看,这是圆圆的太阳。

姗姗点点头。

我在饼干上咬了一口,看,它变成了弯弯的月亮。

姗姗点点头。

我实在忍不住,把饼干都塞进嘴里,月亮回家进洞洞了。

我又拿出一块饼干,姗姗,我给你变一座山。

我在饼干上咬了两口,看,一座山。

姗姗点点头。

大山回家进洞洞了。我把饼干吃了。

姗姗真好骗。我高兴地回家了。

姗姗哭了。

又一次,姗姗抱着饼干桶,飘着的香味让我腮帮子发酸。

故技重演。姗姗,我给你变戏法。

你会变什么戏法?姗姗紧紧捂着饼干桶。

我给你变个月亮。

姗姗从桶里找出个半圆的饼干举给我看,嘻嘻,我有——

我给你变个大山。

姗姗又从筒里找出咬过两口的饼干,嘻嘻,我有——

我还会……

你还会让它们进洞洞。我也会。姗姗把饼干塞进嘴里。

姗姗说,我妈妈说,让我给你也变个戏法。

我咽着口水说,好,你变。变不成你就得让我吃一块饼干。

姗姗说,我就是不给你饼干吃,你就会从不哭变成哭了。

姗姗抱着饼干桶走了。

我号啕大哭,嘴巴咧得跟瓢似的,谁也哄不住。

上学,分班,排座位。

老师说,按大小个排好,男生一排,女生一排。

大家互相比量着个头,找到自己站立的位置。

我看中了虹虹,虹虹的辫子长,好看。

我就往后面挪,和虹虹站在同一个位子上。

我看着虹虹,笑了。

虹虹看看我,扭过头,往后又挪了一位。

我也挪,看你往哪跑。

老师说,好了,现在每排的男生和女生拉起手,你们就是同桌了。

我拉起虹虹的手,得意地笑了。

虹虹甩开我的手说，老师，我不和流着鼻涕的男生坐一个位子。

我一听，赶紧用袖子抹了一下鼻子。

老师看看我的个头，把我往前排挪了挪。

虹虹拉起了飞飞的手。

我无奈地拉起姗姗的手。

姗姗哭着说，老师，我不和脸上流鼻涕的男生坐一个位子。

原来刚才袖子一抹，我把鼻涕都带到了腮帮子上。

课间。

我找到踢毽子的虹虹说，你和飞飞好，女生和男生好，羞羞。

虹虹踢着毽子，看都不看我，走开，讨厌！

我用老师的粉笔把虹虹的名字写到一棵白桦树上。

我告诉虹虹，有人把你的名字写到了树上。

虹虹说，写就写呗，谁想写谁写。

我又把飞飞的名字写在了虹虹名字的旁边。

虹虹，我看见有人把你和飞飞的名字写到一起了。

真的？在哪？

保证是真的，在操场边上的白桦树上。

虹虹果然跑过去看了，脸红红地说，谁这么讨厌。

我又找到虹虹，说，有人把咱俩的名字写在一块儿了。

虹虹骤地站起身，大声说，不可能！

真的，在大操场旁边的白桦树上。

虹虹撒腿就往操场跑。

白桦树上果然写着虹虹和我的名字。

虹虹气哭了，谁这么流氓，呸！呸！

一边用脚蹭着树上的字，一边哭着吐唾沫。

虹虹走了，我跑过去一看，虹虹的名字还在，我的名字被蹭得稀里哗啦。

我难过得哭了，用小刀刮虹虹的名字，结果把虹虹的名字刻到白桦树上了。

军训课。烈日如火,坐在操场上汗流浃背。

我的书包里有妈妈给我带的一个大红苹果。

我把苹果拿出来,又写了张纸条。

我把苹果和纸条交给坐在我前排的同学,说往前传,传给前边第一个同学。

苹果和纸条在同学们手中接力传递。

我看到苹果传到了第一排的虹虹手里。

虹虹扭头往后看看,张口咬了苹果,我心里高兴极了。

第二天,虹虹没来训练。

第三天,虹虹到了学校,四处打听是哪个同学送了她苹果。

不是有纸条吗?那上面写有名字啊。

苹果传到虹虹手里时,纸条早不知被谁扔了。

我心里沮丧透了。

虹虹问我,你知道那天是谁传给我的苹果吗?

我兴奋地说,你为什么要知道是谁送你的苹果?要感谢他吗?

虹虹狠狠地说,我找他算账!那苹果经过那么多人的手,带了多少细菌啊,害得我拉了两天肚子,他成心害我啊。

我说,我不知道是谁,骗你我是小狗!

放学了,我安慰自己,我是属狗的,就是小狗,怎的!

肉

连俊超

风从北方来。

这是在年关急于赶路的风，在狭窄的街道上像个撒酒疯的醉汉一样横冲直撞，企图把我们从这条街道清理掉。明天风就可以心满意足了，因为这是年前最后一个集市，所有的卖家都在今天以低贱的价格打发掉所剩无几的存货。

我站在自行车旁，看守着父亲提过来的青菜。我的右手扶在车座上，我生怕手离开了车座，自行车就会自己跑开。我的弟弟在一个关门的店铺前打着陀螺，是木匠刘老头为他做的陀螺，他整天带在身上。他敞着棉袄，狠劲儿地甩动皮鞭，八岁的他已经显出乡下粗老汉的派头。

街很深，我看到提着一捆芹菜的父亲从人潮中“漂浮上来”。他把芹菜放在我身边,抬头看了看天,说:“看好菜,我再去割点儿肉。”然后他转身又潜入人海中。我把芹菜拉到脚旁,也抬头看了一眼。天上没有太阳,黑灰色的风在奔流,把一群麻雀卷进了急流。所有麻雀的叫声都一样,我每天都被这样的叫声喊醒。但今天是猫把我叫醒的,它比麻雀起得更早,或许它一整晚都没睡。它昨晚肯定一无所获,清晨它在我床上可劲儿地舔我的手指,那里残留着昨天晚餐的味道。腰肢苗条的白猫从我身边走开的时候,我睡眼蒙眬地看到的仿佛是一条缓缓流向远处的纤细的小溪流。

父亲再次回来的时候,手里没有提肉,而是叼着一支烟卷。母亲跟在他身边,拿着一小捆韭菜和一块豆腐。父亲把买来的菜整理到车后座上,然后招呼弟弟过来,说:“走,回家。”弟弟绕着两辆自行车转了一圈,说:“你们买的肉呢？妈说要包肉馅饺子的。”

母亲看了父亲一眼,脸上露出一丝难色。

父亲说:“吃啥肉？把我身上的肉给你割下来一块吧？”

母亲走到弟弟身边说:“咱的钱丢了,过几天再给你买肉。走吧,回家,听话。”

弟弟往后退了几步,靠在那家店铺的门上,摆弄着手里的陀螺。我走到父亲身边,爬上了他的自行车前梁。母亲又看了父亲一眼,说:“要不你去咱姐家借她十块钱吧。”父亲没说话,转头环顾着四周,默默抽了几口烟。然后他把烟头扔进近旁的水洼里,掉转车头,骑上车,头也不回地说了声:“你在这儿等着。”

父亲带着我离开了集市。我从自行车前梁上伸头去看后座上买来的菜,我怕它们掉下去。我的频频回头招致了父亲的不满:“坐好!”我们的自行车拐了几道弯,走上了一条熟悉的街道,最后拐进了一个熟悉的家属院。我知道大姨家就住在三号楼的一楼。父亲停好自行车,对我说:“你看着车。”然后他拽了一下衣襟,拍打了下裤子上的尘土走进了三号楼。

我似乎在长达数年的时间里都承担着为父亲看守自行车的责任。当我看着各色人等从我身边经过,以神色各异的目光看我时,我觉得,我也是需要一个人看护的。我扶着自行车座,抬头仰望这些高楼。它们似乎都有倾倒之势,令我恐慌。楼阻挡了风的去路,风被圈在这个院子里,咆哮着四处乱撞。我听不到父亲在大姨家说话的声音,我希望他赶紧向大姨开口借钱。这时我听到了大姨的声音:“就你们家还吃肉呢!我们吃的还是素馅儿。”然后我听到一个声音,是手掌拍打在桌子上发出的声音。

过了一会儿,父亲出来了。他抱起我放在车前梁上,出了家属院,按原路返回。母亲和弟弟在原地等着我们。母亲问:“借了?”父亲什么也没说,掏出十块钱给母亲,等她买回肉,仍然一声不吭地骑车出城,朝家走。

风越来越急促地奔跑,它心急如焚,却不知道自己路在何方。阴沉的天空中云被吹散,像乞丐身上破旧腌臜的衣衫。父母并行地骑着自行车,都沉默着。弟弟提着那袋肉,此刻他已经忘掉了自己心爱的陀螺。几滴雨水落在我额头上,我说:“下雨了。”我们都抬起头望天空,我没看到雨,我看到父亲毫无表情的面孔。

我低下头,不敢大声呼吸。

弟弟一到家就欢呼起来,嚷嚷着要吃饺子。母亲说,明天才是大年三十。晚上父亲把肉放在竹篮里,然后把竹篮挂在屋梁上。全家人睡前都看了一眼悬在半空的竹篮,像瞻仰一位远道而来的圣人,然后我们才各自上床,安心地睡去。夜里我听到弟弟在大口地吞咽口水,嘴唇吧唧吧唧直响。母亲在黑暗的房间里问父亲:“姐借给你钱的时候咋说的?”父亲在床上发出点儿动静,似乎是翻了一个身。

我在长久的静寂中沉沉睡去了。当我在窗外一片明亮的雪光映照下醒来的时候,我听到母亲在门口说话。我走到屋门口,看见白猫死在地上,死去的白猫变得有些陌生。母亲说:“是刘柱家的吧,他们家也有一只白猫,咱家的可没这么肥,它怎么跑到咱家来了?不会是这时候叫春儿的吧?”这时弟弟发现了原本挂在屋梁上的竹篮滚落在屋角,竹篮里空空荡荡。父亲从白猫身上的一处烧伤认出了它是我们家的猫,他说:“这畜生撑死了!”

那个年三十的下午,我们把白猫拎到雪地里,为它刨了一个坑儿。父亲把白猫丢进土坑,它鼓胀的肚子使它看起来有着酒足饭饱之后懒洋洋的得意神气,它仿佛只是躺在温暖的阳光中惬意地睡午觉。弟弟把一铲土撒在它身上的时候,风从远方赶来,吹动白猫漂亮的皮毛,似乎要把这些肮脏的泥土从它洁白光滑的皮毛上吹掉。

蜗牛天使

王　往

我想学凫水。我八岁了，还不会凫水。我奶奶不让我跟人家学凫水。有一次，德光叔抱着我在水里刚凫了一会儿，我奶奶就找到河边，她把德光叔狠狠说了一回。奶奶说，德光，你几十岁的人了做事也不动脑子，小镜爸妈都在外头，把这个宝贝蛋给我看着，要是出了什么事，我怎么交差！德光叔红着脸说，我又不会害他，是他自己非要我教的，好了，以后不教了。我奶奶叫我上了岸，折了一根树枝就抽我，边抽边问，下次还敢不敢下河凫水了？奶奶从没这么狠心地打过我，就是我把她戴了几十年的手镯拿去和货郎换了一小块麦芽糖，她也没舍得打我。我哭着说，奶奶，我再不下河了。奶奶把我身上抽得青一块紫一块的，又揪着我的耳朵去找那些打工回来的男人，奶奶对那些男人说，你们不要教小镜学凫水啊。那些男人说，不会的，我们家的孩子也不让下河的。

这几年，我们村里有两个男孩儿淹死了，旁边的村里也有小男孩儿淹死了，都是因为大人在外打工，没人伴着玩出了事的。大人出去打工，就留着我们这些小孩儿陪着爷爷奶奶，走时都会交代在家的人：不要让孩子下河凫水啊。现在，村里十几岁以下的没几个会凫水。

奶奶不让人家教我凫水，我还是想凫。我想，一个男孩子不会凫水多么丢人啊。我站在门前的小河边，看着水牛把整个身子浸在水里，往这边一滚往那边一滚，小鱼在它拱起的波浪里翻跟头，银白的身子一闪一闪。我想我要是一头小水牛多好。水面上一只只水蜘蛛，针一样细的脚支撑着圆圆的肚子圆圆的脑袋，可是跑得飞快，得意扬扬地你来我往，小河的水好像是它们织出的网。我想我要是一只水蜘蛛多好。更远的地方，野鸭子飞起又落下，游着游着，一个猛子扎下去，在菱角的白色花朵里露出灰色的脑袋。我想我要是一只野鸭子多好。

总是在我对着小河出神的时候，我奶奶就来了。奶奶先是骂我，然后又拉着我的手哄我。乖，奶奶的宝贝蛋子。回家去。回家了奶奶给你买冰棒吃。不要老想着凫水啊，河里有水鬼的。

我不想吃冰棒，也不怕水鬼，我就想凫水。

白天，奶奶看着我，到了晚上，我还想着凫水。我站在水缸边，看着水底的星星，真想像它们一样跳进水里。奶奶催我睡觉，让我和她睡一头，我不愿意。我想你又不是水不是小河。我睡在奶奶的脚头。奶奶叹息了一声，就拉灭了灯。

就在这个晚上，我学会了凫水，品尝到了在水里畅游的快乐。

奶奶的鼾声响起时，我听到有个声音在轻轻叫我，小朋友，你是不是想凫水呀？我也轻轻回答，是呀，你是谁？那个声音说，我是蜗牛天使，跟我走吧。

我下了床，到了门外，果然，一只美丽的蜗牛在等我。美丽的蜗牛对我说，我给你一个大大的游泳池，好吗？说完，它两只长长的触角往壳里一收，我的眼前就出现了一个宽大的游泳池。那水好清呀，星星们争先恐后地往里跳，大树小树也在里面练习起了倒立的功夫。我刚伸进一只脚，清凉的感觉一下子袭来，我听到皮肤快乐地叫起来。这时，游来一只大乌龟，它叫我趴在它的背上，它说，我教你凫水。大乌龟驮着我，我双手不停地划着，双脚不停地拍打着。水花里，一群群小鱼一只只水蜘蛛上蹦下跳，大声地叫着："加油！加油！"突然，大乌龟往下一沉，我一阵慌乱，可是我没有下沉，还在凫着。我越凫越快，高声叫着："我会凫水啦。"

我们学校的体育老师来了，他朝我招手。我凫到岸边，抹了一把脸上的水。我说，老师，我会凫水了。老师说，好啊，小镜同学，乡里要举行中小学生运动会，我们报了田径、乒乓球、单杠、双杠等项目，就是没有游泳啊！现在的孩子没几个会游泳的，这下好了，你跟我去吧。我说，老师，我再练习练习，我一定要得第一。老师笑了，我一头扑进了水中。

"咚"，我撞到什么了。

一只手在我头上揉着。我躲着，不疼不疼，我要凫水！

天亮时，我在水缸边看到一只空空的蜗牛壳。我捡起来。乌溜溜的蜗牛壳上有一个小洞。

我伤心地哭了。我说，蜗牛天使，对不起，我撞坏了你。

我奶奶在一边笑起来，孩子，这哪是你撞的，你昨夜撞在床靠背上了。

和沈小丫去洗澡

王　往

村里的女孩子谁最可爱？当然是沈小丫。为什么？因为她愿意和我们男孩子去洗澡。

开始，沈小丫有些害怕。她站在岸上，不肯下来，说我怕。

我们就往河的中间走。边走边说，水不深，水不深，你看，刚到肚脐眼儿。我们一直游到河对岸，然后，一个猛子扎了下去。我们几个男孩子几乎同时露出了脑袋，衔一口水对着沈小丫喷去——我们模仿传说中的水鬼。沈小丫说我不怕，你们在水底，我看见你们的脊梁了。不怕就下来呀，我们真心诚意发出邀请。

沈小丫试探着，把脚轻轻伸进水里。清凌凌的水，凉丝丝的水哟，沈小丫怎能不喜爱，她来回摆动着脚，咯咯地笑。

下来吧,下来吧。我们催她。沈小丫一只脚站到水里,踏实了,又挪进一只脚。

往里走,往里走。我们鼓励她。

沈小丫一步步往河中间走。沈小丫有些害怕,走不稳,我们就在旁边护着她,走到河中间,沈小丫往身上撩水。晶亮亮的水珠在她洁白的皮肤上滚动。真好玩,沈小丫笑了。

我来教你凫水,小丫。强子说。

我来教,我来教。我们几个男孩子都围了上来。

我怕。沈小丫摇头。

不怕,不怕。顺子说,你看这样,顺子平伸出两只手,贴着水面说,你趴在我胳膊上,两手往前划,两脚用劲拍。

沈小丫还是怕,说,我到边上去玩。

沈小丫到了河边上。我们叫她趴下,抓住河边上的树根,两脚拍水。我们一开始下河洗澡,都是这样。

沈小丫就趴下抓住树根,扑腾起来。

过了几天,我们就叫沈小丫到河中央凫水,沈小丫就不怕了。

可是,有一天中午,我们刚下河,沈小丫的妈就来了。她妈叫她上去,快把衣裳穿起来,跟她回家。沈小丫临走的时候,还可怜巴巴地看着河里的我们。我们听见小丫妈说,丫头家下河凫水,就你能,以后不要来了!沈小丫走了,我们也没有了兴趣,很快上岸了。

傍晚的时候,我们又去叫沈小丫。沈小丫噘着嘴说,我妈不让我去。我们说,去吧,等你学会凫水了,我们带你到很远的河里去,让家里人找不着。

沈小丫说,那我们玩一会儿就回来。

这一次是我教沈小丫学凫水。沈小丫趴在我的胳膊上,我托着她。沈小丫的小手划呀划,小脚拍啊拍。我悄悄抽出手,哈哈,沈小丫没有沉下,还往前游呢!你们看,沈小丫会凫水了,伙伴们高兴得跳起来。这下沈小丫吓得大叫起来,身子往下沉,我赶忙上去托住了她。可是沈小丫已经呛了一口水。沈小丫害怕地说,你们再不托着我,我就不学了。我们说,你自己练几回,马上就会凫水了。沈小丫说,真的?我们说刚才你已经凫了几步远了,没人托着呢。沈小丫说,那你们再托着我凫吧。我们几个又争着教沈小丫了。

小丫!小丫!一个女人的声音,沈小丫的妈又找来了。

沈小丫的妈气得直跺脚,大声喊着,叫沈小丫回去。沈小丫刚穿好衣服,她妈就揪着她耳朵走了。

我们再去找沈小丫,沈小丫就不理我们了,说,我妈说,女孩子跟男孩子不一样。

我们又到河边,可是没有像每次那样,比着谁先跳到河里。

女孩子和男孩子有什么不一样啊?小顺边说边往水里扔瓦片。

就是不一样。三牛说,男的和女的都不一样。三牛是我们当中最大的,十一岁。

我们想啊想,男的和女的怎么就不一样呢?

那天傍晚时,我们几个男孩子在一户人家屋后摘桑葚吃。三牛说,快来看,我们朝着三牛指的小窗里一看,是一个女人在洗澡。我们好奇极了,几个脑袋挤在一起,往里看那女人洗澡。顺子忍不住笑起来,那个女人扭头一看,慌忙抓起凳子上的衣裳。我们吓跑了,那时候,村里人刚从田里干活回来,一回来就洗澡,男人下河,女人在家里。我们又到别的人家去偷看女人洗澡。

很长一段时间,偷看女人洗澡成了我们的乐趣,又惊险,又刺激。我们好像非要知道男的和女的为什么不一样才甘心。

后来,女人们一见到我们几个男孩子就说:小畜生。有些女人叫男人捉我们,捉到就打,但是我们一次也没被捉到。

有天晚上,村里人轰动起来,说捉到了一个偷看女人洗澡的男人。

我们几个男孩子一直在一起啊,我们数了数,顺子、强子、三牛、宝虫、小文,一个不少,那是谁?我们跑去一看,啊,是才贵。才贵二十多岁了,偷看女人洗澡,真好玩。才贵被人绑了,吊在树上打着,身上被人用裤带抽出一道道紫印。好久,才贵才被放下来。才贵倒在地上,快要死的样子……

后来,我们就不敢去偷看女人洗澡了。我们怕抓住后,人家像打才贵一样打我们。

我们看见沈小丫,再也不敢理她了。

我们不去河里洗澡了。

河边的树杈上,少了两件花衣裳。

去城里的亲戚家

王　往

我知道我妈要去城里的亲戚家了。你看，她把菜籽油往头上抹了。我妈平时倒油时，总是把油瓶轻轻地一歪，点了两三滴，就迅速地把油瓶立起，舌头对着瓶口飞快地一舔——她才舍不得浪费一点油呢。你看，我妈穿上了新鞋子，蓝底红花的鞋帮，多新鲜！不去城里的亲戚家，她不会舍得用菜籽油抹头发，不会舍得穿新鞋子。

我知道我妈要去城里的亲戚家了。你看，她现在又开始给我妹妹打扮了。她衔着皮筋，在给我妹妹梳头，她要给妹妹扎羊角辫子。可是，对我不闻不问。不去城里的亲戚家，我妈不会有耐心打扮我妹妹，也不会不让我跟着。

我说，妈，我也要跟着你去。

我妈想也没想，就说，你不去！

我说,我去嘛!

我妈说,你去干什么?你去讨人嫌!

我知道,再说下去不会有什么用了,最多能得到两巴掌。

我妈拉着我妹妹的手上路了。妹妹扭过头,得意地挤眉弄眼。气死我啦!我妈一去城里走亲戚,就带我妹妹,就是不带我。城里的亲戚是我妈的三妹妹,我们叫她三姨娘。我们家的亲戚只有三姨娘家在城里。去别的亲戚家,我妈从不怎么打扮,拉上我和妹妹就走。可是去三姨娘家,我妈就把我妹妹仔仔细细地打扮一番,还不允许我去,说我爱乱动。我爱乱动怎么啦,我到哪儿都爱乱动,不过到城里我就不乱动了嘛,可是妈不相信。我不死心,我妈和我妹妹在村口转弯时,我就跟了上去。到了大路上,我妈回头望望,我赶忙站住了,随手摘了一片柳树叶,吹起叶笛,装着不再要去的样子。等她们走了一段路,我又跟了上去。快到涟水大桥时,我妈她们站下来歇会儿。我妈看见了我。我妈朝我挥手,叫我回去。我愣了一下,就躲到路边的麦田里。刚抽出的麦穗刺着我的脸,痒痒的。我不敢多待,顺着麦田边跑起来。我登上涟水大桥时,我妈她们正在北岸呢。我又站住了,我妈朝我招手。她要让我过去?过去会打我吧?我迟疑着。我妈又招招手。我只好跑向我妈。到了我妈跟前,我喘着粗气,汗水直滴,我把头扭向一边,不敢看我妈。我妈说,我就晓得你非来。我告诉你,到你三姨娘家,不准乱动。我说“嗯”,心里甜丝丝的。我妈拍拍我身上的土,给我把纽扣扣好,又蹲下去把我的鞋带子系好了,看着我的破鞋头说你看这……唉。快到三姨娘家了,我妈停下来说,你到了那儿,不要乱翻,乱翻我打死你。我点点头,心里竟有些紧张起来。

到了三姨娘家,三姨娘很热情,拿糖果给我们吃。三姨娘家的糖果是装在大肚子的玻璃瓶子里的。各种各样,花花绿绿。我很羡慕,城里人日子真好呀,一瓶子糖,想吃就吃。我吃着糖,看着墙上的画,柜子上的闹钟、收音机,觉得稀奇极了,我很想去摸摸。可是,我妈老是对我使眼色,叫我不要动。我只好坐着,把糖纸折来折去,弄得沙沙响。我妈对三姨娘说,三妹妹,姐妹几个就你嫁到好人家了。三姨娘说,和你们比我是好些,不过在城里人家也是一般。我妈又说,这几年,不是你和他姨父帮衬,我那几个讨债鬼都养不活,不晓得怎么过呢。三姨娘说,姐妹们,不说这些话。我妈老说我们兄弟姐妹是讨债鬼,我听得耳朵都起茧了。她们说这些话，我没兴趣听，东张西望的。

过了一会儿，三姨娘家的儿子小光回来了。小光去过我家，我们很熟了，又差不多大，我八岁，小光九岁，我们最爱在一起玩。

小光一回来，就对我说，咱们去玩玻璃球吧。说着，他去找玻璃球。小光没找到，问他妈。他妈说，我怎么晓得，你自己找。小光很着急，我就帮他一起找。我想，会不会在柜子顶上呢？我就搬来椅子，站上去，到柜顶上看。我把柜子顶上的东西挪过来挪过去。突然，啪的一声响，吓得我差点从椅子上掉下来。天啊，一只陶制的小猪被我的胳膊肘碰到了地上。小猪摔得八瓣开花，猪肚里滚出了一地硬币。

我妈的脸色一下子变白了，一把将我从椅子上拽下来，狠狠地甩了我一个耳光。我三姨娘赶忙将她拉住了。我妈还要打我，颤抖着说，叫你不要乱翻，叫你不要乱翻……我三姨娘说，算了算了，一只存钱罐，摔坏了就摔坏了。我吓呆了，低着头，咬着手指头。

小光倒是没说什么，蹲下去捡钱。我妈也蹲下去，边捡钱边说，这孩子！小光，姨娘回去还要打他的。

钱捡起来了。三姨娘让小光带我出去玩。

小光还没走，我先到屋外去了。

小光让我和他去店里买玻璃球。我慢腾腾地走着，不说话。小光说，快啊。

我说，我想回家。

小光说，姨娘还没走呢。等你们走时，我也和你们一起去，你们家可好玩了。

小光的话，让我想起一件事：小光上次在我们家，打碎了一只碗，砸死了一只小鸡。但是，我妈一点儿没生气，还对三姨娘说，城里的孩子就是活泼，不认生。三姨娘也没骂小光，没打小光。

我想到这儿，眼泪就流下来了。

我丢下小光，跑了。

到了涟水大桥时，我站住了。桥南岸是农村，桥北岸是城市。北岸和南岸的孩子是不一样的吗？

我边走边用棍子抽着路边的小树、野草、野花，把它们的枝劈断，叶打碎，花打烂。

那天，我妈回来，我没有躲起来，我等她打我。我想她把我打急了，我要问她：我和小光有什么不同？可是，我妈没有打我。我有些急，有些失望。

第二天的课堂上，老师教我们读课文：工人、农民、科学家、解放军——你长大了想干什么？

然后，老师提问。老师问我，你长大了想干什么？

我说当解放军。

老师问，为什么？

我说，我要背一包炸药，把敌人的大桥炸了。

同学们都笑起来。

老师说，你过来。

我走上去，老师拧着我的耳朵，使劲儿转了两下，把我往后一搡，就你爱捣乱！

唉，我还是挨打了。

猫

陈 毓

我不喜欢那只猫。我一直不喜欢那只猫。我知道这看上去没有理由。我很孤单,它也是。一个孤单的孩子和一只孤单的猫,在理论上应该有成为朋友的极大可能。

那一年我五岁,或者不到五岁。那个地方叫板岩,是石头像麻糖一样的地方,那地方是外婆的家。我父母的家在一百里外的地方,父母的家也应该是我的家,但我不明白为什么我不能住在自己的家里。

我住在外婆的家里,也就住在那只猫的家里,猫是外婆捡来的弃猫。在知道这点后我急于想弄清楚,外婆爱我和爱那只猫,到底爱哪个更多些。

我的办法很简单。

我把门前地里正长的萝卜拔出来了,拔了一大片。

那些拔出来的细细的萝卜像一条条鱼，被整齐地放在大太阳下，一会儿就晒蔫了，不动了。

我看着这些，有些茫然。这时我看见那只猫向我走来，走到一定远的距离，站住，打量我，再打量那些萝卜，喵喵地叫。然后它走开了，离开现场。我后来回忆，那天直到外婆回来，直到外婆的骂声在菜地边像一挂点燃的爆竹响起，直到烟囱上的烟升起又消散，那只猫都没有出现在人面前。谁也不知道它躲到哪里去了。

外婆后来终于明白她的萝卜是她的外孙拔的，她骂出了“有娘生，没娘教”。她虽然把饭碗以一个恶狠狠的动作放在我的面前，溅得汤汁星星点点洒在我脸上，但我并没有得到更大的身体上的惩罚，我因此勉强测试出我在外婆这里生活的曙色。

那时的日子似乎总是饿着的。猫更是经常地饿着，饿的猫异常勤快，家里的老鼠被猫逮尽吃光。当猫向着外婆一声声叫饿的时候，外婆顶多也只是喂一块熟红薯或洋芋给它。

猫一日日地叫，叫声叫人烦恼。夜里猫的叫声格外难听，我想，它那样叫，就算有老鼠，也给它叫跑了，可外婆说，要是能叫来一只猫，我家的猫就不会那样叫了。外婆又说，过些日子就好了。

后来的某一天，外婆自菜园回来，见地上全是鸡毛，两只小鸡的腿血淋淋地摆着，再看看墙角处的猫，嘴角还沾着鸡毛，像是挑衅。外婆勃然大怒，将猫撵进屋里，关了大门，将猫抓住，找来一根细绳，把猫腿绑了，在院里的桃树上吊着，又寻来一根竹竿儿，对着猫，狠狠地抽打。午后的寂静里，猫的叫声格外吓人，惊得鸡飞狗跳，惊得邻里的小孩儿飞跑过来看热闹。外婆边打边骂，提着小鸡血淋淋的腿给猫示看，外婆要给猫警告，叫它明白惩罚的缘由。那猫在棒击下也似乎醒悟了，它用眼角偷偷地看外婆，再看那堆小鸡毛，在竹竿儿落下时大叫几声。似乎在说：知错了，原谅我吧。

那时我觉得瘦小的外婆是个凶狠的人，虽然是只犯了错的猫，但她那样用力气地棒打还是叫我感怀身世，生出以物悲已的情绪，很长时间，猫的叫声都在我的梦里响起。

猫后来再没有偷吃过东西，连我自河里钓回的鱼晾晒在院子里，猫也不看。

一见我拿竹竿儿,更吓得撒腿就跑。

外婆的猫养了好多年,却不走出院子,因为出了院子,猫就会被隔壁的孩子当成一个玩具,像石头似的被抛来抛去。提着猫尾甩出老远的事情也是有的,猫也只是叫两声,躲开而已。那只猫后来就不出门了,卧在门墩儿上,或是灶台边。冬日里,猫就静静卧在外婆床头的一角,暖外婆的小脚,也暖外婆的心。因为我听见外婆不止一次说,人还不如猫呢。

那只猫死了。是吃了吃过老鼠药的老鼠。猫踉跄着逃回院里,窝在墙角哀哀地叫,直到最后叫不出声。猫看着我,眼睛里满是留恋,看得外婆也落泪了。

按习俗,死了的猫是要架在树上的,而不能埋进土里,说是怕老鼠打了洞去吃猫的尸体,死了还遭敌人的羞辱。我在长大后,理解了人的这种逻辑。

夕阳西下,外婆找出一块红底儿细碎花朵的花布。因为是只母猫,外婆说要打扮漂亮点儿走,将猫包裹得严严实实,然后夹在腋下,迈动小脚,一步步走向后山的槐树林里,选一棵粗大的树,将猫置放在树杈上,再用几片阔大的叶子盖好。

我目睹了外婆葬猫的过程。

我想,我如果在六岁前死了,我也想要这样一个隆重的葬礼,而不是像隔壁大奶奶那样,被放在笨重的棺木里,埋在深深的泥土下,出不来气,要多难受有多难受。

我把我的愿望说给外婆听了,外婆以一记响亮的耳光回答了我。

棉花糖

周　波

那年，老家的炊烟像云朵一样悠悠地飘着。

晌午，父亲拖着一身的泥巴吭哧吭哧地走回家。这日头！父亲嘴里嘀咕。

“回来了？”母亲把毛巾递给父亲。

“嗯，先喝口水。”父亲走到水缸边，用勺满满地盛了一碗凉水，咕噜一声灌进肚里。

我那时年龄小，每天屋里屋外跑。父亲背着一大摞农具进院门时，我每次都比母亲跑得快。

“丫头，又看我喝水？”父亲滴着汗珠朝我笑。

“甜吗，爹？”我两手搭着缸沿咯咯地笑。

“甜，很甜，像吃棉花糖。”爹又笑。

于是从那天起我记住了棉花糖，做梦也想吃棉花糖。后来我上学了，看到学校的门口有流动的商贩卖好看的棉花团一样的东西。同学们说那是棉花糖。棉花糖？我禁不住诱惑，用零碎的硬币买了一小团吃。真的很甜，还带着香味。

回家的路上，我一直想着父亲陶醉的样子。父亲说缸里的水是棉花糖味，这是真的吗？难道是棉花糖化了变的？

我急切地穿过窄窄的田埂，我没见到父亲行走的身影，却看见母亲提着竹竿沿着河塘在追赶鸭群。

我打开家门，扔下书包就蹿到院里的水缸边。我个子矮，踮着脚看不到水的影子。我搬来一把椅子站上去，才终于看见那一汪被父亲快喝光了的棉花糖水。

"你不要命了？"母亲不知啥时候进来的，见我的头隐没在缸里，大叫起来。

我后来对母亲说："没有您一声叫，我也许就掉不进缸里去，也不会明白缸里的水根本不是棉花糖的味。"

父亲惊慌地把湿漉漉的我从缸里拎了出来，嘴里咕噜噜地想说什么。然后我看见父亲舀了一瓢水喝，父亲那会儿喝水的样子一点儿也不好看。当然我不敢问缸里的水甜不甜，因为我已经知道水不是棉花糖味的。

惊魂未定的母亲给我换了干衣服后去了堂屋，我根本没想到她会去找那根赶鸭的竹竿来打我。

"你这是做啥？放下！"父亲扔了水瓢吼道。

"今天不打她一下，明天还会掉进缸去。"母亲生气地说。

我受了太大的惊吓，在两个水缸缝隙里躲藏。

"出来！"父亲朝我喊。

我从缸缝里看见父亲的脸铁青，筋脉一根根在颤抖。

"不出来我要砸缸了！"父亲嗓门特别大。

我只好出来，我想父亲一定不会打我，因为他从来没打过我，刚才还阻止了我母亲的竹竿。但我很快感到不妙了，父亲的眼睛转来转去显然是在寻找打我的家伙。

果然，父亲在堆满农具的墙角一阵乱翻，第一次他拿起一根粗大的竹棍子走到我跟前，把我吓得半死。第二次他换成扁担又走到我跟前，我哭着求饶。第三次他拿起一顶草帽，我破涕为笑。然而父亲还是没打下来。而这时让我惊奇的是父亲蹲在地上拼命地在拔一根草。拔草做啥？我呆呆地看着父亲。

“站好了！”父亲站起身命令我。

我很听话，毕恭毕敬地站着。

随着一阵风吹过颈部，父亲说惩罚结束。原来父亲用那根草在我脸上打了一下。我用手摸了摸自己的脸，有点痒。

晚上，父亲来到我床头边，问：“丫头，疼吗？”

我大哭起来，紧紧地抱住了父亲。

“小孩子不能喝生水，要得病的。”父亲微笑着对我说。

“今天我买了棉花糖吃，爹不是说缸里的水和棉花糖一个味儿吗？”我伤心地说。

“爹骗你的。”父亲愣愣地看着我。

父亲走的那年我正读大学。有一天，我接到加急电报，被告知父亲病危的消息，我连夜乘火车赶回老家。

父亲一直等着我，在病床上他老泪纵横地捏紧我的手，可父亲的手冰冷。

“爹……这辈子……只打过你……一次。”父亲喘着气说。

“您……一次……也没打过。”我泣不成声。

母亲在一边默默地流着泪。

“爹，还记得这个吗？我把它带回来了。”我从书包里取出一个小布包，一层层地打开。

“一根草？”周围的人全惊讶万分。

我把那根草轻轻地放到父亲的手心上，然后我把自己的手放上去，再把父亲的五指合起来。

出殡那天，我看见那根草一直在父亲的手里攥着，父亲攥得很紧很紧。

蚂　蚁

周　波

妈妈进来时,我醒了。

我揉了揉眼。窗外,天已亮堂起来,门外有嘈杂的说话声。

睡得香吗?妈妈问我。

香,很香。我嘟着小嘴说。

妈妈,您怎么了?我看见妈妈的脸很黑,衣服上沾满泥土。

屋后的小山坡着火了,妈妈救了一个晚上的火。妈妈笑着说。

我怎么不知道?我惊异地看着妈妈。

这是大人的事。妈妈朝我笑笑。

我怎么睡着了呢?小山坡上怎么着火了呢?妈妈什么时候出门的呢?怎么会只是大人的事呢?去学校

的路上,我一个劲儿地想着。

那些蚂蚁呢?它们现在好吗?我突然想起了蚂蚁。

我住在妈妈单位的宿舍里,屋后的小山坡上有密密的竹林和鸟叫。我经常去那里玩耍。枯萎的草,喧闹的野花,都是属于我的风景。

春天,我会带着好心情一路前行,妈妈说:早去早回。夏天,我拉着妈妈的手走,我说:那儿是我的乐园。

其实我是去看蚂蚁的,小山坡上到处有蚂蚁在晃动。

妈妈说别走远。我就找了一棵离宿舍近的老树,我一喊,妈妈就能听到。蚂蚁窝被草棚遮盖住,很隐蔽。蚂蚁真是聪明的动物。嘿,我和你交朋友好吗?我大声地说。

成群的蚂蚁结队而行,那是最壮观的,像去逛街又像去集市。我常常被震撼,于是,热情也喷涌而出。我跑回宿舍,带上甜食。妈妈出来追问:又去干啥?给蚂蚁喂食去。我边笑边跑。我喜欢和蚂蚁们嬉闹,找个小竹棍沾上点心指引它们前进。蚂蚁们很有纪律,步调一致,我是蚂蚁们的统帅。

那时候,妈妈经常值班,宿舍周围难得见到人影。妈妈说:有你陪着,妈妈就不孤单了。我笑笑,我真想告诉妈妈我有数不清的朋友。朋友在小山坡上,是蚂蚁。可我没说,那是我的秘密。

我一直喜欢小山坡,喜欢那片竹林,也许是因为蚂蚁,肯定是!

我现在很担心蚂蚁的命运,妈妈说小山坡上着了火,它们不会被烧死吧?如果蚂蚁死了我该怎么办呀?我心里沉沉的。

我恹恹地步入课堂,同学们都问:病了?我说没有。那脸色怎么这么难看?同学们继续问。我想我的蚂蚁。我说。

老师每节课会在黑板上留下一大片粉笔字,我睁开眼,眼前却是满满一黑板的蚂蚁。我不知道这些蚂蚁是怎么爬出来的,于是我又想起那把火。我惊奇于老师的手指,一画一个,一画又一个,比进出蚁窝的蚂蚁速度快多了。

傍晚,我决定去小山坡上看蚂蚁。我真的很担心。

我的蚂蚁一定还活着,那儿有它们的家。竹林里蚂蚁的世界一直很安详。

我躲过妈妈的眼睛,往小山坡上一路奔跑。

山坡上到处是断裂倒伏的树杈、竹枝与烧黑的乱石,早没了刺鼻的焦味,却可以猜想到烈火中的惨烈。我的心开始冰冷起来,我还能找到我的蚂蚁吗?

我走到老树底下,老树已成秃枝,没了可以遮风挡雨的叶子与坚强的树臂。我伤心地号哭起来。焦土。我拼命地用手扒地上的焦土。出来! 都出来!! 我大声地喊。我没再看到我的蚂蚁走出自己温暖的家。那儿的集市、学校、道路和田园全成了废墟。太阳也不见了。我的蚂蚁王国在这场大火中被彻底烧毁了。

你去哪里了? 全身灰不溜秋的。妈妈问我。

小山坡。我伤心地说。

去那里干啥? 刚着过火,想吓死妈呀?

我去看蚂蚁了。

蚂蚁? 妈妈愣愣地看着我。

是的,我的蚂蚁。

蚂蚁怎么了? 妈妈问。

我没找到蚂蚁。

这孩子,哪里还有蚂蚁,这么大的火蚂蚁早被烧死了。

不会的,蚂蚁不会死的,它们全躲在窝里。我又哭起来。

我是不是再也看不到蚂蚁搬家了? 我想它们,妈妈。

河水冲走了一件花衣裳

赵长春

河水淙淙，苇叶青青，阳光明明亮亮地照在水面上，这是袁店河的一处水湾。水渐渐地没过了脚踝，河床上布满了圆圆扁扁的石头，几尾十几尾小鱼儿悠闲地游滑。

菊花在岸边的几块青石板上洗衣裳。我在河滩上挖了脸盆大的坑。一会儿，坑里就渗满了水。我逮了几只小鱼儿放在里面。鱼儿伏在细碎的白沙上不动的时候，我还可以看见天上的几朵白云在坑里游走。

菊花来洗衣裳总要叫上我。她说，你在家里也没事儿，就跟姐去河边洗衣裳吧。

我说，我又不洗衣裳。

我给你摸螃蟹，逮小鱼儿回来喂猫。菊花给我讲着条件，我便跟她来到了这片河湾。

我不能走远。有时我刚钻到苇丛里，菊花的声音就颤颤地传来："快回来，快回来！"等她喊了一会儿，我顶着苇叶子帽儿从另外的方向跑了过来。

吓死我了！菊花的脸有些白。她拍了我的脸蛋儿一下，一股淡淡的皂角香味儿伏在我的鼻子尖儿。你个小坏蛋！

我很喜欢菊花拍我的脸，不轻不重，就像春风中的柳叶子拂过，凉凉的，润润的，爽爽的。她的手上还有香味儿，是用来洗衣裳的皂角的香味儿，还有河水的香味儿，苇叶子的香味儿。

我说，你的手真香。真的！

菊花就将她的手放在我的鼻尖前。菊花有一双很美的手，我真想摸一摸。可是我只敢说，叫我再闻闻。

菊花就弯下腰身，一双大辫子从肩头左右滑下来，一双手就捧着了我的脸。菊花说，姐叫你好好闻闻。我的心嘣嘣地跳起来，我看见有两抹细白从她的胸口吐出来！她领口的那两个扣子没有系上。

我咬了咬嘴唇，我想闭上眼睛。就在这时候，有人在远处喊了一声："菊花，洗衣裳哩！"

菊花头也不回，又直直地踩在水里，哗哗地漂洗衣裳。我看见王卫东从柳林子里走过来，笑嘻嘻地。

你来干啥？我有些气恼地将一块石子踢到水里。

来玩。王卫东回答着我的话，目光定定地搁在菊花的身上。菊花，城里电影院演《少林寺》，去不？

王卫东在城里看过电影。王卫东有一辆锃光瓦亮的自行车。王卫东戴手表。王卫东进城敢吃火烧夹牛肉，一下吃两个，再吃上一大碗烩面。王卫东有很多地方叫人羡慕。

不去。菊花回过身，还是气呼呼的。我看见她胸前的扣子扣好了。我就对王卫东说，我想去。我想去吃火烧。

想吃吗？王卫东说着，嘿嘿地冲着菊花笑，好吃的东西多着哩。

我就走了过去。我说，我跟你去吧？

王卫东答应着，并不看我，但是拉着我就走。

回来！菊花大喊一声，一会儿姐给你买糖豆吃。

菊花是没有钱的。她不会给我买糖豆的。前两天，货郎李从桥上摇着鼓儿走过的时候，我就说想吃糖豆。菊花说，姐没钱。我说，你有钱。你不是刚卖了长头发辫子嘛？菊花说，我买纸了。我说，你买纸干啥？菊花就红了脸，说，贱话多。

所以我知道菊花说给我买糖豆是哄我的，所以我就还是跟着王卫东走。菊花跑过来，水花溅了我们一身。她一把抓过了我，回来！

王卫东就松了手，嘿嘿地笑着走了。

菊花把我带回到那个水坑边，又气呼呼地洗衣裳了，一句话也不说。

河风刮过来，苇叶子唰唰地响，水波一浪浪地明明灭灭。我就看见菊花的泪流了下来。

一会儿，货郎李又挑着担子过桥了。他的担子里花花绿绿的。我喜欢的是那个大玻璃瓶里面五彩缤纷的糖豆。菊花看了看我，洗了把脸，把晾晒在绿草地上的一件花衣裳拿起来，喊住了货郎李……

晚上，我吃糖豆时，母亲问我糖豆从哪里来的。我说，是菊花姐用头发换的。母亲叹口气，说，你多陪陪你菊花姐。母亲说，菊花是个野孩子，一生下来就被扔在了苇草里。她现在的爹妈把她嫁给了王卫东，菊花不愿意。

那个夏天是我小学四年级的暑假。我与菊花姐向别人撒着共同的谎言：河水冲走了她的一件花衣裳。

她的那一件花衣裳很美。短袖，碎碎的黄花，闻着很香。

大 麻 脸

安石榴

门被用力推开,再用力关上,随着陌生人进屋,灶坑吐出一条大红火舌,瞬间消失,却把一团呛人的烟雾留在空气中,我因此很生气。那时我正趴在炕上囫囵吞枣地看《林海雪原》,我把脸扣在打开的书上。耳朵听见妈妈给来人准备茶水,我抬起头,只见陌生人背靠着火墙,斜身坐着,右腿几乎完全放在炕上,只有穿着棉乌拉的一只脚悬空着。一只白搪瓷缸子放在他膝盖前方,冒着热气。在暗淡的橘黄的灯光下,我看见陌生人有一张大号的国字脸,他的眼睛和眉毛挨得很近,脸的部分就更大了,上面布满了大个的麻子！真是少见。

可能我看他太专注了,他把完整的大麻脸对着我,还问:“丫头,看啥书呢?”

我那时很有些脾气,“啪”地把书合上,蜷在炕根儿不理他。大麻脸也不在意，呵呵笑了，说："豆芽子那么个小人儿，还认得字？"

他的话不好听，我彻底关闭了耳朵，只顾看书。

隐约知道陌生人在等爸爸。妈妈和那人有一句没一句地闲唠，后来就听到妈妈有些惊异的声音："哎呀，是吗？听着倒瘆得慌。"

我赶紧竖起耳朵，大麻脸的嗓门很大："大妹子，我从不扒瞎。我一辈子打猎，天上飞的，地上跑的，啥没打过，也是头一次遇上这样的怪事。"

大麻脸"哧溜"喝了一口滚烫的茶水："我看得真真儿的，这时候就不好办了。那只蓝狐就离我二十步远，半蹲着身子，两只干巴爪子合在一起不住地作揖，我的枪还指着它呢。咋办？你打它吧，它像个人似的给你作揖，你咋打？不打它吧，它压根儿就是个畜生，凭啥像个人似的给你作揖，不像话！该打！我下定了决心抠扳机。嘿，不中了。它胳肢窝里又钻出来一个戗毛戗刺的小狐狸，小脑袋瓜儿左一下右一下，傻呵呵到处看。这下坏了，我脑袋轰的一声，眼前啥也看不见了，提溜着枪转身就走。"

沉默了好半天，大麻脸说："大妹子，从那以后我把枪卖了，再也不打猎了。你知道为啥？我想起了我那又傻又瘫的丫头，造孽啊，这辈子我杀生无数，结果遭了报应。我老婆，孩子的亲妈都看不上她，喂饭、洗澡都是我给弄。我寻思着，丫头要是死在我头里呢，算是她的福分；要是我死她头里，我就让他们弄点啥药给她喂上，跟我去吧，埋在我身边。"

真是怪了，这个人说话，句句让我震惊，我的心扑通扑通跳着。那时我七岁，父母宠着，哥哥姐姐让着，从没想过死这个问题，也不知道小孩子还会有那种死法。

后来天暖了，我整天在外面跳皮筋，快乐得像个小疯子。一天晚上被妈妈捉回家，妈妈一边拍打我身上的灰尘一边说再这么着就不要我了。很奇怪，爸爸也没有给我讲情。晚饭时，爸爸问妈妈："你还记得那个大麻脸吗？"

我咽下一口饭抢着说："记得。"

"他昨天死了，胃癌。"爸爸瞥了我一眼，还是冲着妈妈说话。

我不知道妈妈说了什么，我脑子轰鸣着，就一个问题，非常迫切："他那个又傻又瘫的丫头怎么办了？到底怎么办了呢？"

我开始颤抖，妈妈很快发现了，我索性扔了筷子呆呆地看着他们，妈妈伸手摸了摸我的脑门："丫头发烧了。一定是冻着了，说啥也不穿秋裤。"爸爸把我抱起来送到小屋滚烫的炕上，妈妈随后一手端水杯，一手拿着一片洁白的药片，我想，那个傻丫头一定被她的妈妈喂了这样的药片了。我可不吃，我要是吃了就再也玩不了皮筋了，再也吃不了好吃的了。我于是号啕大哭，几乎背过气去了。

结果白药片没有吃，我却吃上了最爱吃的橘子罐头和山楂罐头！

鸭舌帽

安石榴

爸爸从杭州和上海接来一批知青，他们是上山当林业工人的。爸爸还在上海给豁唇儿联系了医院，后来豁唇儿的兔子嘴就成鸭子嘴了，转年春天我俩一起上学时，他的嘴就和我的一样了。爸爸很严肃地告诉我，以后只许我叫豁唇儿的大名张勇。

一天放学，我和张勇一起回家，一个戴鸭舌帽的人在胡同口截住我们，这样装扮的人都是特务、汉奸、狗腿子，我一下子警惕起来。那人问："小朋友，知道安嘉禾家在什么地方吗？"

安嘉禾是我哥哥，在山上的林场开大拖拉，也叫"爬山虎"，一种像坦克似的运材车。这个人是什么意思，找我哥哥干什么？

"知道，就是她的——"张勇这个傻瓜要出卖我，不等他说完，我抓起他的胳膊跑开了。鸭舌帽还不死心，叫出了我姐姐的名字：“那安菠萝的家在哪里？”

等我俩绕一大圈回家，一推门，看见鸭舌帽坐在炕上专心地对付我的嘎拉哈，一副嘎拉哈四个，他却像是对付四百个，手忙脚乱，炕上地上都是。妈妈正给他煮面条。妈妈总是这样，安嘉禾、安菠萝的战友一到我家，不管是不是吃饭的时候，她总要给人家煮面条。我不服，妈妈却说，他们大老远地从上海、杭州来，还都是孩子呢，没有爸爸妈妈照顾多可怜啊！

有什么可怜的，我看他们都像鸭舌帽一样烦人，总是欺负小孩儿。这不，他领我俩玩游戏，先让张勇玩，鸭舌帽说鼻子、眼睛、嘴，张勇就在自己的脸上一一指出。只要鸭舌帽把鼻子眼睛嘴的顺序一变，张勇就乱指一气，鸭舌帽乐得稀里哗啦的。轮到我，我是不会错的，随他如何编排，我都又快又准地在自己的脸上指对。这家伙越说越快，我也越指越快，突然他说：鼻子眼睛屁眼！我虽然听得清清楚楚，可是手还在快速运动，像刹不住的车，结果第三下指在自己的嘴上。这次鸭舌帽乐躺下了，张勇先扑了上去，我紧随其后，两人骑在他身上一起打他。鸭舌帽更狠，把锅里妈妈给我俩留的面条也都吃得干干净净。吃饱了嘴还不闲着，用一口蹩脚的东北腔，一边张牙舞爪地做动作，一边跟妈妈说：

“婶子，我哥（其实是我哥，不是他哥）贼厉害，他和高师傅作业的时候，高师傅在驾驶室里，我哥在‘爬山虎’后面用钢绳捆原木。那天有点麻烦，有一根一遍一遍总捆不结实，我哥就钻到原木底下去查看。这时候高师傅从驾驶室的后窗看了看，不见我哥，以为我哥已经捆完原木走人了，就开始发动马达准备开车。我哥一听坏了，高声喊停，‘爬山虎’的轰鸣声贼大，高师傅哪里听得见，我哥眼看着一根根原木奔他来了——婶子——你知道原木老粗，两个人合抱不了，我哥想这下完了，四下一看，有个车轱辘轧出的坑，我哥就爬到那儿想平躺进去，太窄，只好侧身躺下了。这时候‘爬山虎’还在爬着，原木离我哥越来越近，我哥估摸着自己的半拉身子是保不住了，非让原木锉掉不可。眼看着原木就到了，嗨！就像有一双手把原木上的钢绳慢慢扒下来一样，原木在我哥的脚底下停住了！”

我们全听傻了，半天没回过神来，鸭舌帽十分得意似的重复着：“我哥说了，就像有双无形的巨手，关键时刻把钢绳扒下来，原木落下去了。你们说这事神不神？

你们说我哥神不神?”妈妈哭了起来,鸭舌帽吓得不知道怎么办了,我和张勇就往外赶他,他把着门框子不松手:“婶子,对不起,是我莽撞了,不过我哥啥事没有,真的。这次我下山我哥让我问婶子,我哥的猎枪买没买,如果买了,我哥让我给他带着。”妈妈给哥哥买的猎枪就在被垛上,这个我知道。我想叫他快点走,就跳到炕上准备取下来,妈妈喝住我,对鸭舌帽说:“婶子没怪你,这么着,你告诉嘉禾让他自己回家取,我还有话说。”

这下坏了,我哥哥回来,弄不好得挨训呢。后来我哥哥回来时我没放学,不知道妈妈说什么了,反正我看见妈妈脸上有笑意:“你哥哥逢凶化吉,可知道为什么?那是因为爸爸妈妈从来不做害人的事。”

咦,怪了,难道妈妈知道我心里的事情,那时候我正琢磨着怎么治张勇呢,那天他竟敢跟我说,长大之后不打算娶我了,想娶他的同桌冯娟。

拦新娘

包兴桐

腊月或者正月，常常可以看到一队又一队娶亲的队伍。有时候是我们自己村的，有时候是别村的从我们这儿经过。他们热热闹闹拉成长长的一串，从岭上慢慢前进。这条岭从山外一直伸进村子，在村口折了一下，又伸向其他的村子。走在最前面的，一般总是伙夫，他用一根糊着红纸条的棍子挑着一对贴着大红双喜字的灯笼，轻飘飘的，像是在演戏，总是很开心的样子；跟在他后面的是媒人，不管是媒人公还是媒人婆，都穿得干净利落，薄薄的嘴皮子很爱说话；走在他们后面的，是一个吊儿郎当的小伙子，身上带着很多炮仗、鞭炮，一路走来，看到我们小孩子，就故意东扔一个西扔一个，把我们赶过来轰过去。这三个人总是远远地走在队伍的前面，碰上他们，不但得不到什么好处，往往还要被嘲笑、捉弄一番,但还是觉得很开心。走在前面的这三个人,总是那么热情、健谈。从他们那儿,我们可以问到后面新娘的许多情况,虽然这三个人精说话总是真真假假,但就像一台戏,前面的打八仙是必不可少的。

"哪一个是新娘?"

眼看他们要走了,我们赶紧问。

"今天还怕找不到新娘?"

"今天这个新娘可大方了,你们慢慢拦,东西多着呢。"

"今天新娘是有记号的,你们自己找吧。"

眼看后面新娘的队伍就要跟上来了,他们三个边说边走。就是这样,那个放炮仗的二百五,还要扔一个炮仗到我们中间,把我们吓得四处逃。

当胆小的跑得远远的小伙伴们折回来的时候,已经有人爬到路边的一棵大枫树上,像一只蝉一样粘在树杈上,横好了竹竿。

"唱歌,唱歌。"我们叫喊着。

于是,走在前面挑着被子、抬着红漆家具的队伍停了下来,吹拉弹唱的停了下来,金童玉女停了下来,然后,新娘和她的伴娘们好像很吃惊的样子,也在竹竿前停了下来。

"唱歌,唱歌。"我们像一群猴子一样起劲地叫着,男孩子东蹿西跳,东摸西摸,拦在穿得花花绿绿、走得仔仔细细的新娘和她的伴娘们面前,女孩子则在竹竿下挤成一堆。

"你们应该叫新娘子唱歌,怎么把我们都拦下了。"有一个女的这样说道。

我们知道,这个说话的一定不是新娘子。新娘子今天是不轻易多说一句话的。

"唱歌,唱歌。"

"小崽子,那你们把新娘子找出来,要不,听不到歌,也吃不到喜糖。"还是那个女的多嘴,其他女的都在一旁抿嘴笑着,个个都有点像是新娘子。

"她就是新娘子。"我们差不多是异口同声地指着一个微微低着头的女孩子说道。

"哈——"整个迎亲队伍发出一阵笑声。我们知道,我们找对了。

“这些小崽子，鬼精着呢。”有人说。我们也说不出为什么，十次有九次，我们都很准确地把新娘子从一堆花花绿绿的女孩子中找出来。

新娘子头低得更低了，脸也更红了。

“唱歌，唱歌。”

我们知道，新娘子今天照例是不会唱歌的，不管她唱得好不好，实在推不过，她就会让她最要好的姐妹们为我们唱歌。这一次，新娘子就叫那个老爱说话的女孩子为我们唱了一首歌。

“唱歌，唱歌。”我们树上的同伴儿还是横着竹竿不拿起来。

新娘和她的同伴们知道，光唱歌也是不行的，唱了一个又一个歌，唱够了，唱热闹了，最后，还是要新娘子亲自拿出系着红头绳的钥匙，打开红漆大柜的门，拿出红枣、花生、喜糖，还有柚子，竹竿才会拿起来，树上的同伴才会唰地溜下。

“走咧——”弹唱的一边大声叫着，一边用死力吹拉敲打着，好像对我们的表现，对新娘的表现，都很满意。

我们一边吃着喜糖喜果，一边看着拉得长长的迎亲队伍向岭上走去，曲曲折折的，不一会儿就翻过岭背不见了。大家也三三两两、歪歪斜斜地坐在岭上，好像接下来不知怎么办才好。所以，大家就看着几个话多的在那儿斗嘴。好像每次这种时候，他们的话就特别多，特别亮。

“新娘子今天可真漂亮。”

秀玲说。

“漂亮个屁，脸红得像猴子屁股，声音细得像老鼠，还漂亮——”

大陆说。

“秀丽今天穿得这么好看，一定是想做新娘子了。”秀玲又说。

“你才想做新娘子呢，看你刚才看人的样子，走路的样子，”秀丽说，“就是说话的样子，不像。”

“那谁是新郎啊？”

大陆说。

“你啊。”

秀玲说。

“有两个新娘啊,应该还有一个新郎呀?”建成说。

“谁说话谁就是。”

大家一起说。

这一天,大家有了小小的收获和快乐,也就有了小小的兴奋。但因为是小小的,所以,也就有了一点小小的失落。如果,那新娘要是娶进我们村,那就要美得多了。除了拦新娘,还可以闹洞房,吃喜酒,还有,慢慢就可以和那个红脸的新娘子熟了,然后,叫她的名字。

端 午

包兴桐

过了三月三，我们踩下去的双脚，伸出去的双手，总觉得有些发痒——我们知道，蛇出洞了；等到茶叶开张，杨梅坐果，就感觉身子也是痒痒的——我们知道，虫子上山了。

好在，重五——我们这儿管端午叫重五——就到了。我们可以喝雄黄酒，洗艾草浴，剥咸鸭蛋，家里还炒重五盐，门上还插着艾草，挂着菖蒲，这些，都叫我们安心。当我们离开了大人严肃的说教，提着五线蛋袋儿，拎着一对粽子从家里跑出来会集到大屋院场上的时候，我们总觉得，这重五节，是给我们小孩子过的。大人们给我们喝一汤匙的雄黄酒，说是再也不怕蛇了；叫我们好好洗个艾草浴，说是再不怕虫子了；叫我们剥个咸鸭蛋，说是皮肤光滑再不怕起疙瘩了；有了重五盐，再不怕晒太阳和泡清潭拉肚子了;门上插上艾草挂上菖蒲,白天不怕空房夜里不怕鬼叫门了……这样的重五节一过,我们就觉得,眼前展开的长长六月天,再也不怕什么,满心满眼只有期待。

但也像所有的节日一样,一村子的人,并不是每户人家都会把这重五过得囫囫囵囵,光光鲜鲜。像大伯家,每到过节,他们总要打个折。重五到了,堂哥堂姐在院子里一站,孤零零的,没有粽子,没有蛋袋儿,手里就拿着那么个像鸟蛋一样可怜的白皮鸭蛋。重五了,他们家就吃一顿炒糯米饭。大伯说,反正粽子也是糯米做的,包起来吃,炒起来吃,都是吃到肚子里,不如省了麻烦。当然,如果照爸爸的意思,也会是这样,爸爸和大伯是一路人。他一看到妈妈逢年过节摆弄这摆弄那,这也要那也要,他就来气,他就把门关得像打雷,把碗翻得像过老鼠,把楼板踩得像地震。他看到我们宝贝似的提着五色线蛋袋儿晃来晃去,就更气了,瞄了我们一眼,阴阳怪气地说:“提什么提,还不赶快把鸭蛋给嚼了。”可是,我们舍不得吃那鸭蛋。染了红色的鸭蛋,装在五色线蛋袋儿里,像一个小小的灯笼,又像一块大大的宝石,谁都舍不得剥了吃。就是斗蛋,也是点到为止,谁还会真拿宝贝当石头碰呢。

每过一个节,我们都会有意无意地围在妈妈的身边。看她把艾草和菖蒲用红绳子扎好,仔仔细细地在门上插好挂上,像是在装扮新房;看她灵巧地翻折着粽叶包出各种样式的粽子;看她用五根线打几个结就编出五色线蛋袋儿,然后把用红花藤煮的鸭蛋放在蛋袋儿里递给我们。妈妈的手在村里是最巧的,过节时总会有许多女人围着她讨教这讨教那。最好的是,妈妈乐意显示她的巧手,把它变成我们家的热闹、骄傲,变成我们的享受。她包粽子,就经常要翻出新样。她会包五角粽、猪蹄粽、龙船粽、牛角粽,她还会包蛋粽、肉粽、五香粽、茶香粽。可是,爸爸只吃那大家都有的四角粽、豆粽。看他皱着眉头的样子,不知是为了赌气还是真的不敢吃那些有意思的粽子。

这时候,里屋的满田就会从他的院子里走出来,走到我们家院墙边,对爸爸说:

“亲戚,节又到了,都重五了,这时间啊,真像那茶叶抽新一样。”

然后,就走进院子,递给爸爸一支烟。

“啊，节又到了，真快，真快。”爸爸没有几句话。但有人给他递烟，陪他抽烟，和他说话，听他感慨，他的眉头就舒展多了。满田和爸爸抽着烟，说着话，妈妈一边忙着手里的活儿，一边有一句没一句地搭着话。但慢慢地，院子里就只听到妈妈和满田在说话。他们谈粽叶的选择，谈糯米的成色，谈苏打粉的多少，谈煮粽的时间，谈粽子样式，谈重五盐的炒制。

满田是村里为数不多会炒重五盐的人之一。每年重五，村里的老老少少就会聚到满田家，看他把找到的还有买来的十几种药材，有桔梗、甘草、山楂、红茶，还有陈皮、苍术、柴胡什么的和盐放在大锅里慢慢地翻炒。不一会儿，锅里就飘出好闻的药香味。满田不停地翕动鼻子嗅着香味的变化，用手抓过盐看盐色的变化，不停地关照着火候，添加着药材。他一脸严肃，念念有词，像一个做道场的师傅。大家在旁边看着，也不敢多话，像是在看一场庄严的佛事，唯恐犯了忌。喷香金黄的重五盐炒好了，满田把它们包成一小包一小包的，递给每一个人，连我们这些小孩子也有份。这以后，还不断有人到他家讨要这重五盐——有的人叫重五盐，有的人叫午时茶，有的人干脆就叫药茶。咳嗽、肚子疼、肚胀、中暑，冲上一包重五盐就好了。妈妈也从满田那儿学会炒重五盐，我们自己用，也送人。

妈妈和满田仔仔细细地说着话，像是两个远房亲戚似的，但一来二去，就像有了二两家烧打底似的，他们就有说有笑有长有短了。我想，要是让他们就那样说下去，他们会说个三天三夜。他们以前是一个村子的，还是里屋外屋，后来，妈妈嫁到我们村，满田则做了我们里屋的上门女婿。所以，妈妈就把他按娘家人叫，每次都叫他“表兄”，有时是“表兄佬”。可是，说着说着，满田会突然记起什么似的，边说就边往院子外走去。我们发现，爸爸不知什么时候已经不在了。他是村里少数几个节到了还挑着粪肥下地的人。

生 瓜 蛋

谢志强

我发现托儿所后面的院子地上爬着藤蔓,起先,开着淡黄色的小花儿,小花儿不见了,结出核桃大的东西,上面长着茸茸的茸毛。

我把这个秘密告诉了同伴。他们已经知道了,知道好几年了。说那是哈密瓜。他们还用手比画着,一个逐渐大起来的椭圆形,又说等到长大就能吃。好像瓜模仿着那个样子长。

我第一次知道那就是哈密瓜,我还以为我发现了一个新奇的东西。我去摸那茸毛,摸着摸着,就把茸毛摸掉了,好像出壳的小鸟褪去了绒毛。

托儿所的阿姨来阻止我,还告诉我,茸毛掉了,瓜蛋子就长不大了。我做了一件不好的事。

我不信。我好奇地去看望小瓜蛋子,一天又一天,别的瓜蛋子都长得拳头那么大了，可它还是核桃那么大。我摸掉了它的茸毛，它就停止生长了，似乎我发现了它的秘密，它就不肯按着我的心愿往大里长。

过了几天，我看见它起皱了，它死了，它干瘪地缩起来。而那么多的瓜蛋儿，在太阳地里，碧绿的皮，又圆又亮，瓜叶遮着，像是躲避着我。

院子后面的瓜地，像车斗，三面围着密密匝匝的沙枣枝，枝上生满了尖尖的刺。院子旁边有个木栅栏门，上了锁。我就再不能去看瓜了。

在大人们的眼里，我应该是长得可爱那种。妈妈送我上托儿所，其他小朋友的爸爸妈妈忍不住会抚我的头。我的头发，又黑又粗，小朋友的爸爸妈妈抚我的头，好像我是一个长大了的哈密瓜。

我妈干涉了，说，别摸小孩儿的脑袋。

大人说，你这儿子长得真好玩，真可爱。

我喜欢大人摸我的脑袋，摸过了，还会给我杏干，或者葡萄干，大沙枣。我知道农场的其他时间会长熟许多东西，我还没见过。进了托儿所的院子，我们就不能随便走动了。大人收工的时候，才能放我们回去。连队不大，我已认得回家的路。

我妈不叫大人摸我的脑袋，我想，我妈怕我长不大吧。我摸过小瓜蛋子的茸毛，小瓜蛋子的茸毛就是它的头发，我想，我摸掉了小瓜蛋子的头发，小瓜蛋子没了头发就长不大了。大人摸了我的头发，我也会停住了生长，我想，我的头发幸亏没被大人摸掉。我发现，托儿所的小朋友都在使劲儿地长。我发现，小朋友里，我的个子最矮。

我开始担心我僵掉了，那么多双手摸过我的脑袋。我就吃，我说我还要吃，我还老是说我渴了。

我长胖了。后来，我闻到了哈密瓜的香味。窗子后边，一个一个哈密瓜躺在泛黄的秧叶里，已经掩蔽不住了，像我睡觉蹬掉了被子。

一天，午睡后，桌子上面摆了几个哈密瓜。我们都像听到召唤一样，跳下床。阿姨切瓜的时候，我听到刀刃还没到达，那瓜已经脆响着裂开，露出水红水红的瓤子。一牙一牙的瓜，切得像弯月，像小船。已经是回家的时间，我忘了阿姨的叮嘱，要我们带回家。我一出院子，就选了个土坯屋的拐角，等到剩下一堆瓜皮，我忽然记不起哈密瓜到底是什么滋味了。我懊悔我吃得快,好像有人跟我争抢。

瓜汁在我的嘴唇两边留下了痕迹,发黏。我没事一样回到家。

妈妈看着我,好像我突然长高了。她问,托儿所分瓜了吧?

我舔舔嘴唇,终于说,一人一牙。

妈妈说,瓜呢?

瓜已在我的肚里,我不吭声。

妈妈说,你就不让爸爸妈妈尝尝?

我舔舔嘴唇。

妈妈说,你一个人吃得下?

我说,就一牙。

爸爸说,你这个生瓜蛋儿。

妈妈说,我们不是一定要尝那牙瓜。

后来,我常常想,我不愿按照爸爸妈妈的期望长,我停止了长大,爸爸妈妈一定要着急,就不会在意我吃掉了那一牙哈密瓜了。可是我长大了,小学、初中、高中。妈妈几次提起过那牙哈密瓜的事儿。好像我身体里还有一个我长不动了,没跟上来。渐渐地,我知道了什么叫生瓜蛋儿。那是农场流行的一句贬损人的话。

一件新衬衫

谢志强

我告诉妈妈:六一儿童节,学校要举行大型团体操,也就是“忠”字舞表演,老师规定,要穿白衬衫,蓝裤子。

妈妈要替我赶缝一件的确良衬衫,月白色的衬衫。

我提出要穿旧衬衫,到别人那里借一件。

妈妈已扯了一块的确良料子,那是她给我的节日礼物,可我喜欢穿绿军便装。农场流行的服装。

我固执地要求妈妈去借一件穿过的白衬衫。我说,新做的我不穿,要穿你穿。

妈妈笑了,说,还有不喜欢穿新衣服的孩子呀?

晚上,连队吹过熄灯号,妈妈燃起了煤油灯,开始一针一线地缝制我的衬衫。她的脸凑近灯光,仿佛要把光亮一起缝进衬衫。昏黄的光将她的身影投在屋顶,似乎是妈妈耗尽了精力,轻盈地飘浮起来,贴着芦苇搭起的屋顶,一根一根的椽子,像瘦削的肋骨——妈妈的身体在膨胀,在融化,墨汁一样。好久好久,那影子固定住了一样一动不动。

第二天清晨,妈妈欣喜地唤我起床,说,来试试,合不合身。

我嘟哝了一句:我咋去学校?

妈妈把衬衫套在我身上,感觉里,衬衫在紧缩,裹得我喘不过气来。

妈妈眼角布着皱纹。她说,正好,不大不小,穿着多精神。

我的心里已酝酿着一个行动,今天我不去学校了,我受不了同学们轻蔑的目光,好像我已叛变、堕落。

妈妈替我拿来书包,我咬着馒头,顺手拿了一盒火柴。我害怕去学校。穿着这件崭新的白白的衬衫,好像一下子,我成了另类。我一向以穿旧衣服自豪、自信,而且,很自如自在。可是,我不愿妈妈伤心。

走出家门,我担心遇到同学。往常,我们相约去场部的职工子弟学校。眼下,我突然不知该去哪儿了。

我四处张望,幸亏没有同学的影子,我今天提早出门了。我想到了树林。连队果园旁边一条最茂密的林带。正值春天,沙枣花已开了,我想起树上的鸟窝。对,我去掏鸟蛋。

而且,我已编好了旷课的理由,我生病了——拉肚子。我从未旷过课,老师相信我真的生了病。我溜出连队的家属区,径直奔向那条林带。我的脚步轻快起来,像一只小鸟在飞翔——摆脱了同学的目光和议论,我身上的衬衫兜着风,抖动着,像是欲携我腾奔起飞。

满林子花香鸟语,它们不在乎我的闯入,倒似新奇地议论我和我那件月白色的衬衫,那是欣赏、赞美的声音,甚至,枝头蹿上蹿下的鸟儿抖擞着羽毛,像是跟我比美。衬衫受了鼓舞,不停地鼓动着,弄得我的皮肤很舒服地生痒,像是一只细柔的手在抚摸我。

我想到坐在教室里的同学,我的座位,像缺了的牙齿。我不可能明天还逃学。我躲避不掉我去学校的事情,我便怪起了衬衫,我想,妈妈应该用一块旧料子替我缝衬衫,甚至,直接用磨损过的料子,那样,我就不必提心吊胆地走进学校了,不会背上“资产阶级思想”的嫌疑了。

衬衫并没有在我的愿望中迅速地陈旧,它好像故意跟我作对,而且,保留着熨烫过的线条。我开始在带刺的沙枣枝间穿行,那刺挂枝擦的感觉,我幸福地接受了,我脸和肩生痛,我似乎嫌它们还不狠,它们扯住我的衣襟,我竟以为是它们的亲近,好似朋友留住我一起玩要。

我的白衬衫留下了叶汁的绿印、灰土的条印,当然,还有拉毛的线印。林子的树,帮助我"改造"我的衬衫——正可喜地转向我希望的样子。

接着,我攀上树——贴着身子,尽量让衬衫跟粗糙的树皮亲密摩擦,那样,同学就不再借题发挥、上纲上线了。我可以说,这本来就是一件穿旧的衬衫。

我毕竟习惯了穿旧的衣服,好像旧衣是我的舒适居室。一个麻雀蛋破了,黄白的流质粘在我的领口,很快又凝固住。衬衫又增添了陈旧。这样,衬衫和我的身体渐渐地和谐了。

我把麻麻点点的麻雀蛋、斑鸠蛋裹了泥巴,点上枯枝。一会儿,我拨开烧热的鸟蛋吃起来,还有两只快要出巢的麻雀,肉很香。

我看看林子慢慢阴沉下来,该是学校放学的时间了。我为难起来,我这副样子回家,妈妈一定伤心,一件崭新的衬衫被折腾成这样了。

我还是得回家,好像犯了错误,拖延着惩罚的时间。我从小路绕到屋背后,终于推开了家门。

妈妈吓了一跳,说,咋啦,跟同学打架了?

我说,没打。

爸爸说,没打?你脸上都是血印子,谁抓破了你的脸?

我说,真没打架。

妈妈抽泣起来,说,好端端的衬衫,弄得又破又脏,我缝了一夜,你不知道爱惜。

爸爸说,是谁,你领我去。

我说,真没打架。

爸爸火了,说,难道你自己跟自己打?窝囊,挨了打,还不敢说,一定是你惹了人家。

我说,我没惹。

妈妈说，没惹，新衬衫咋成这样。

爸爸扇了我两巴掌，我哭了，妈妈连忙来劝，而且，声称明天陪我去学校“评理”。

我就哭，哭得很委屈。我听爸爸失望地说，窝囊。

我的哭奏了效，妈妈催促着吃晚饭，她替我担心——爸爸火气升上来，不知怎么揍我呢。我的两颊火辣辣的，可我心里很轻松。明天，我可以穿上衬衫去学校了。

妈妈赶紧洗了我的衬衫，晾到门外。疲倦一下子包围着我，疼呀麻呀，在我的身上盲目地流窜着，好像庆祝它们的胜利。

后来，电灯灭了（连队的发电机按熄灯号停止运行），妈妈点起了煤油灯。妈妈身体的投影在屋顶来回挪动，它像一片乌云，浓厚起来，膨胀起来，我想到了倾盆暴雨，可窗外是明朗的星空。那天晚上，梦里，我淋得像落汤鸡，衬衫可怜巴巴地贴着我的身体。

吃 羊 肉

邓洪卫

五年级的一天，我跟天平放学回家。天平的姐夫从后面跟上来，告诉我一个意外的消息，二品，你姐跟丁发谈恋爱了。

他怕我不懂，就认真地说，谈恋爱，就是丁发要成为你的姐夫了。

见我仍然发怔，他又比画着说，比如，我和天平的姐谈恋爱，后来呢，我就成了天平的姐夫。

我使劲地摇了摇头，说，不可能，我不要一个杀羊的做我姐夫。

天平的姐夫说，不管你要不要丁发做你的姐夫，反正我不能做你的姐夫，因为我已经是天平的姐夫了。

果然，我们在村口遇到了丁发。他远远地叫住了我，让我将一张电影票带给我姐。

我回家就将票递给姐。姐问，谁给你的？我说，丁发。姐淡淡地说，你去看吧。我高兴坏了，接过电影票就往街上跑。

丁发看见我，有点惊诧，咦，你姐怎么不来？我说，我姐病了。他问，什么病？我说，感冒吧，有点咳嗽。他嗯了一声，说，你先看着，我上趟厕所。好一会儿，丁发才回到座位上，手里提着个塑料袋。

电影散场后，他把我送到我家门口，又将袋子塞给我，说，这是感冒药和止咳糖浆，让你姐姐吃下去，就不感冒，也不咳嗽了。我说好。可他刚走，我就把感冒药扔了。止咳糖浆我没舍得扔，我以前咳嗽时，喝过这东西，味道甜甜的。我现在虽然不咳嗽了，但怀念那种甜味，每天舔一口，还是很不错的。

我姐还没睡，正在发愣。我走过去问，姐，你真的跟丁发谈恋爱了吗？姐摇了摇头。我问，那到底是怎么回事呢？姐叹口气说，都怪咱爸。

原来，姐并没有跟丁发谈恋爱。所谓的恋爱，也只是丁发的一厢情愿。丁发爱上了我姐，爱得有点痴迷。就在前天吧，丁发的父亲请几个人到他家吃羊肉喝酒，其中就有我父亲。酒至半酣，他父亲问我父亲，酒好吗？我父亲说，好！他父亲又问，羊肉好吗？我父亲说，好！他父亲再问，我儿子好吗？我父亲还是一个字，好！他父亲就说，咱俩做个亲家，经常在一起喝酒吃羊肉好吗？我父亲喝多了，口齿有点不清，但还是说出了一个“好”字。

在场的另外几个人都说好，酒好，羊肉好，这门亲事也好！最后，我父亲提着一条羊腿，醉里歪斜地回家了。他先做我母亲的思想工作，梅子嫁到丁家，喝不完的羊肉汤，也算福分。我母亲点头，说，也罢了，丁发这孩子还算不错。

可我姐并不同意。那时，她已经看上了同厂的一个青年小周。但我姐很孝顺，她不愿伤父母的心，同时，她也不愿让丁发难堪，所以就不置可否。

丁发家的羊腿不能老放着，得吃呀。那天中午，满满一大盘羊肉就上了我们家的餐桌。全家人都围过来，津津有味地吃起来。刚下班的姐也拿起碗筷，刚坐下，却猛地回过头去，从喉咙里发出了一声干呕。然后，她捂着嘴飞快地出了屋子。

母亲追出去。过了一会儿又回来，说，梅子一闻到羊膻味就呕。父亲嘴里嚼着肉，说，奇怪，多鲜美的肉，吃不出膻味来呀。

我母亲也说，以前咱家也吃过羊肉，没见她呕呀。又问我，你说，她以前吃羊肉呕吗？我摇摇头，说，我记不清我们家什么时候吃过羊肉了。我父亲说，这可怎么办？跟丁家结亲，又不吃羊肉，这可怎么办？

那天晚上，我父亲去了丁发家。我也跟着去了。丁家屋里充满了血腥味，丁家父子正在忙着杀羊。我父亲说，这门亲事算做不成了，梅子她不吃羊肉。丁发的父亲说，是吗？羊肉这么好吃的东西，她怎么会不吃呢？我父亲说，她不仅不吃羊肉，而且一闻到羊膻味，就吐，吐得一塌糊涂。丁发说，那我们家就不杀羊了！丁发的父亲摇摇头，不行，不杀羊我们能干什么呢？丁发说，那就杀猪吧，她总不能闻着猪肉味也呕吧？丁发的父亲还是摇摇头，卖了十几年的羊肉，买主都熟了，不能改。丁发"当啷"一声扔了刀，蹲在地上，像一只待宰的羔羊一样发出绝望的干嚎。

我父亲很内疚，说，丁发，你别伤心，我会还你们家一条羊腿的。

丁发嚎得更凶，说，这是羊腿的事吗？这是羊腿的事吗？呜呜。

我姐和丁发的亲事就算过去了。从那以后，我姐就真的不吃羊肉了。后来，我姐跟她喜欢的小周结了婚。他们相处和睦，生活美满。听说，小周也不吃羊肉。

那一年，我工作了。一天，姐夫和姐来城里看我，我请他们下馆子。我点了一盘羊肉。我们三人吃得满头大汗。吃着吃着，我突然想起来，说，你们不是不吃羊肉吗？姐夫笑了，说，其实，我是吃羊肉的，只是跟你姐结婚后，听说你姐不吃羊肉，闻着羊膻味就呕，我才不吃羊肉的。我问，你听谁说我姐不吃羊肉的？姐夫说，就是你们村那个卖羊肉的丁发呀，他一再叮嘱我，梅子不吃羊肉，你千万不要买我的羊肉呀！

说到这，姐夫很奇怪地问姐，你吃羊肉，怎么不呕了呢？

我姐什么话也没说，只是挑了一块羊肉，夹到姐夫的碗里。

与牛五家吵架

邓洪卫

许多年过去了,我还是想不清楚,我家和牛五家的关系怎么就那么恶,整天吵吵着,要吃了对方一样。相邻共居的,磕磕绊绊能免得了吗?但是呢,毕竟太过分了。怎么也不能“仇人见面,分外眼红”呀。

有时候,我放学,背着书包跟牛小路一起回家。牛小路,就是牛五家的小儿子,我们俩一个班。还没到村口,就听见村里如爆豆一样的争吵声噼里啪啦地响起。我和小路本来有说有笑的,一听到声音呢,就低着头,顶着那种很难听的声音,各自贴着墙根闪回自己的家了。

我到家里,就摊开作业本,写起来。过了一会儿,声音似乎小了,我长舒了一口气。就见我母亲一头冲进屋,端起桌上的一碗水,咕咚咕咚地喝了几口,又跑出去了。争吵的声音,又如爆豆一样地响起。

我母亲常说,二品呀,你可得认真学呀,我们家被人欺负够了。说着,母亲的眼泪就下来了。母亲揩了揩泪,接着说,你一定要考上大学呀,考上大学,离开这鬼地方,就不受这份罪了。

跟牛五家的战争,我家总是占不了上风。为什么呢?因为双方力量悬殊。牛五家两口子都加入战局,按我母亲的话来说,叫“像两条狗冲过来”。而我家呢?只有母亲一个人奋勇抗击。我的父亲,那个温文尔雅的小学老师,从一开始,就对这场战争持反对意见,甚至,还会帮牛五家说话。

有一次,吵得正激烈时,父亲下班回来了。牛五的老婆拦住父亲说,胡老师呀,你就不能管管你老婆吗?太不讲理了!

父亲的脸上流淌着很和谐的笑。父亲说,是啊是啊,她就是这样的人,读书少,认死理,你们千万别跟她计较。牛五老婆立即蹿过来,对着看热闹的人群嚷嚷开了,你们听见没有,她男人都说她不讲理!我父亲见这阵势,赶紧一低头,回自己的屋去了。那边,我母亲对着牛五老婆破口大骂,你妈妈的,哄我男人,算什么本事?我男人是公家人,能跟你一般见识吗?

背地里,父亲经常劝母亲,让一让,不就过去了吗?母亲说,人活着,就为争这一口气,没这口气,还有啥活头?母亲就开始数落父亲说,有你这样的人吗?我那么冲锋陷阵的,你却打退堂鼓。

那时,大家都听刘兰芳的评书《岳飞传》,我母亲也听过几段。母亲就拿《岳飞传》说事。母亲说,人都要学岳飞,精忠报国,不能学秦桧,卖国求荣。如果整个国家都像你这样,早灭亡了。

母亲说着,仰起脸,眼睛里流露出力挽狂澜保家卫国的豪情。我父亲呢?仍然笑呵呵的。他这一点儿真好,总是那么笑呵呵的。父亲说,我反正不去吵,全村那么多孩子都是我学生,我跳上跳下、骂三骂四的,以后还怎么去教育学生呀?父亲说着,开始摊开书,备课了。

母亲对父亲彻底失望了,她把全部希望都寄托在我身上。她说,好好读书啊,考上大学,为妈争口气,要是实在考不上呢,也要早点娶一个厉害的媳妇儿,帮我吵架呀。

后来,我就离开了响水河村,到县城上了高中,我耳根子清静了,再也听不到我母亲和牛五家的争吵了。但是我知道，两家还在争吵着。再后来，我就真的考上了大学，毕业后到县城上班。我的争气无形中给母亲增加了底气，她又着腰和牛五家吵：老天爷有眼，知道谁好谁坏，我家的儿子能考上大学，你家的呢？

去年，可能是秋天吧，我的母亲来城里，对我说，这下好了，清静了。我说，怎么了呢？母亲说，牛五和他的毒娘儿们都走了，同一天。母亲说，他们都得了同一种癌病，已经半年了。那天半夜，两人都疼得受不了，就打开一瓶农药，一人一半，喝到肚里了。第二天下午才被人发现。那样子真恶啊，拧着眉毛，瞪着眼睛，青着脸，歪着嘴，仿佛正跟谁吵架似的。一屋子的人看着，竟没有一个人站出来为他们张罗后事。

我说，大路他们兄弟五个呢？

母亲说，什么呀？二路前年就得病死了，小路因为抢劫坐牢了，另外几个都在外面混，父母病了半年，他们离得远远的，从来不去张望一眼。那天，你父亲实在看不下去了，就给他们打电话，让他们回来送终。又过了一天，大路三路四路才陆续赶到了，到是到了，却你推我让，谁也不出头。你父亲又看不下去了，果断拿出方案来，让他们每家都出钱，才联系了火葬场。火葬场的车子来了，就要将老两口往车上抬。这时，你父亲突然一声大喝：孝子何在？你父亲的这声大喝，跟炸雷一样，将众人都镇住了。要知道你父亲一贯是眯眯带笑的呀。大路兄弟转过身，你父亲又大喝：跪下！大路兄弟都木木地跪下。你父亲说，你们父母养你们这么大，你们从未尽过孝心，现在人死了，魂还没走，你们也该赔赔罪。磕头！大路兄弟低下头，“咚咚咚”连磕了三个响头，然后在你父亲的指挥下，将父母抬上灵车。

母亲叹了一口气，说，牛五两口子，争强好胜一辈子，怎料到死后会那么冷清，几个儿子又是那么不成器呢！你说这是不是报应啊？还有你父亲，一直总是面面瓜瓜的，可那天却威风八面，火气爆爆的。你说，他有这本事，咋一直不帮我吵架呢？唉，真是的。

飞向空中的木盆

芦芙荭

我六岁的时候，还没有上学，我的许多时间都是和一个叫小伍子的男孩儿一块儿打发掉的。小伍子那时已经九岁了，他总是有许多稀奇古怪或者说出人意料的想法。

有一天，小伍子不知从哪里弄来了一只雷管，他把那个像炮仗一样的东西攥在手里，对我很是炫耀了一番。之后，他找来一只大木盆，然后将一截导火线安在了雷管上。

小伍子将雷管放在扣在地上的那只木盆下面，然后望着蓝蓝的天对我说，你坐在木盆上吧。

我说，这是木盆，又不是凳子，我才不坐呢。

小伍子说，你以为你是学校的马校长，走到哪儿还想坐凳子？

小伍子知道我是不会轻易坐到那只木盆上去的,他有些失望,便拧着脖子东张西望,想找一个能够替代我的人,坐到那只木盆上去。

这时他就看见了张裁缝的女儿梅朵正从一棵树下向我们走来。梅朵那时大约只有五岁,她扎着马尾辫,走路的时候,小屁股还一翘一翘的像一只小鸭子。

小伍子的脸上当下就爬满了阳光,他对梅朵说,嗨!你走了这么长时间的路,累不累?

梅朵就点了点头。小伍子说,我就知道你累,给你准备了一只木盆。现在你就坐在这只木盆上歇歇吧。

梅朵可高兴了,她坐在了那只木盆的上面,脸就像是一朵向日葵一样看着我们笑。

我的心里有些不高兴了,走上去一把将梅朵从木盆上推了下去。我虽然不想坐到木盆上去,可当梅朵坐在那上面时,我的心里却生出了几分妒忌。

我说,你凭什么坐?要坐也是我坐。

梅朵坐在地上哇哇大哭起来,泪水就像雨点一样地打在地上。

我发现泪滴还在脸上流时,是泪。可一旦打在地上就和雨滴没有什么区别了。

小伍子说,你这人真是怪了,刚才叫你坐时,你不坐,现在人家坐了你却和人家抢开了。小伍子说,我看还是你们两个都坐在上面吧。

我和梅朵背靠背地坐在那只木盆上面时,我听见她还在不停地抽泣,很伤心的样子。

小伍子却是很兴奋,他从身上掏出一盒火柴,然后很从容地用火柴点着了导火线。导火线散发出来的火药的气味很好闻。

过了一会儿,我们就听到了惊天动地的一声响,有人就喊了一声:不好了,出事了!

紧接着,我们就看见很多人从屋子里跑到了街道上,再从街道上向我们跑过来,再从我们面前跑过去,一直向镇子外的河边跑去。

他们嘴里喊着:不好了,出事了!可他们的脸上却都异常地兴奋。

小伍子站在那里,看着那一群一群的人向我们跑来时,显出了他惯有的敏捷,他是不放过任何看热闹的机会的,他丢下了我和梅朵,也跟在那些人的屁股后面向河边跑了过去。

我拉着梅朵的手,从那只木盆上跳了下来,也向小伍子追去。

梅朵的手被我拽着,一边跑一边说,那些人到河边去干什么?

我说,去看热闹。

梅朵说,热闹是谁呀?

我说,我也不知道热闹是谁,我们去看看不就知道了。

这时,我们突然又听到了惊天动地的一声响。我们回过头,就看见我和梅朵刚刚坐过的那只木盆在一片烟雾中,像只笨鸟一样飞向了蓝天。

离奇的远行

芦芙荭

木匠的儿子长根子九岁了,鼻子下面早晚都吊着两吊乳胶一样的鼻涕。可他却像木匠一样聪明能干。他上学时用来装书的木匣子就是他自己做的。

我十二岁那年夏天,长根子在一截竹筒上蒙了一块蛇皮,制作了一把胡琴。胡琴做好了,只是缺一把能拉响它的弓。

长根子说,现在,只要有马尾巴,我的胡琴就可以唱歌了。

秋天来临的时候,寡妇的儿子大宝告诉我们,离我们镇子四十里外,有个叫云镇的地方,他听人说那里有个马车店,还养着几匹马。大人们说,马毛长。听了这话,一根长长的马尾巴就在我们的脑子里唱起歌来。

于是,我们开始了人生中的第一次远行。

我们在一个漆黑的早晨出发，翻了几座山，过了几条河，中间还穿过了一片开满了野花的丛林，到了那个叫云镇的地方。

我们在云镇那破旧的街道上转了一圈，并没有找到大宝说的那个马车店，甚至连一声马的叫声都没有听到。街道上都是那种手扶式拖拉机，跑起来一蹦一蹦的。我们就开始埋怨大宝，说他不把事情弄清楚，让我们英雄白跑路。

大宝辩解说，说不定原先是有的，只不过那养马的人也和胡登科一样肚子里有个酒龟，他不得不将马卖了，换酒喝了。

我们正要争辩，突然听到一阵锣声响起。我们都是喜欢热闹的人，就连忙向锣声响的方向跑过去，就看到一个人在一圈人中间玩猴戏。

我们暂时忘记了马尾巴的事，一头钻进人堆里看起了猴戏。

那一只不听话的老猴子很让我们开心，它总是趁着耍猴人不注意时，纵身去撞耍猴人那肥大的屁股。有几次那耍猴人都被它撞得四仰八叉地躺在了地上。

太阳西斜的时候，我们决定回家。

走在回家的路上，我们才感到了饥饿和疲倦。

我们开始想家了，我的脑子在那个时候完全变成那个耍猴人的屁股了，我家房顶上那个冒着炊烟的烟囱，就像是那只调皮的猴子似的，时不时地就撞进我的脑子里，挥都挥不去。

我们走到一个小村子时，太阳开始落山了。我们看见那里停着一辆拖拉机。我们就在那辆拖拉机旁转来转去。我们想，要是能坐上这家伙回家该多好。

这时，一位满脸胡子的男人向我们走了过来。他打量了我们一阵，就问我们是不是没有坐过拖拉机？我们说，是的。他又说，是不是很想坐一坐？我们说，当然是了。

我们坐在拖拉机上，大胡子却变戏法似的取出了几只瓦罐交给我们一人一只，他让我们帮他将瓦罐抱在怀里，以免瓦罐被撞坏了。

这时，我们才明白大胡子让我们坐他拖拉机的真正目的。可是，我们的心里却很高兴。

拖拉机开动了，我们就像热锅里的豆子，在偌大的车箱里被颠得滚来滚去。我们的头上甚至都被撞出了大大小小的包。可我们紧紧抱在怀里的瓦罐却没有受到一点儿损坏。

后来，我们听到了狗叫声。下车时才发现，我们又回到了那个叫云镇的地方。

冰 棍 儿

秦 辉

小时候，我很馋，且能吃。

据妈妈说，半斤重的白桃我一次能吃仨，成人巴掌大的螃蟹我吃它一双，一个足球般的西瓜从来不用别人帮忙。至于冰棍儿嘛，这个因为每次都是我用自己的压岁钱买，且都是背着家人偷偷消灭，所以妈妈说她没法统计具体数字。

当蝉儿藏在枝叶间吱吱乱叫时，卖冰棍儿的便踩着点儿登台亮相了。

他们三三两两骑着加重自行车，车座后带着一个长方形木箱，木箱上通常盖着厚厚的小棉被，棉被外裹着一层塑料布。嘴里似喊非喊，像唱又不是唱，长腔短调，满村生响——“冰棍儿，冰棍儿，小豆冰棍儿，解渴带凉的冰棍儿……”

卖冰棍儿的都是各村没有地的闲人或是早早退了学的孩童,他们好像有个不成文的规定,不在本村卖。西村的去东村卖,东村的来西村卖。可能是怕在本村不好收钱或是难为情吧。到冰棍儿厂批发了,再走街串巷地去叫卖,赚这中间的差价。

这一声声抑扬顿挫的喊唱后,有孩子的家里便随之生出各种声响,大人的呵斥、小孩儿的央求、开抽屉、翻炕席……而后便跑出各色人等,举着钱的笑得像花,埋着头的肯定有泪,这个扯着娘的裤角在地上打滚,那个把奶奶摇得差点跌倒……

卖冰棍儿的一看乐了,嘴里的话像串起来的糖葫芦:“我说大嫂啊,大热天的就给孩子买根儿呗!”“别急,别急,多着哪!”“小家伙,快回家要钱去,我在这儿等着。”“啥?啥?要啥样的?小豆的还是奶油的?”……

记得那时最普通的冰棍儿是一种黄色的,长条状,二分钱一根。再贵一些的,就是小豆的,五分钱一根,还有一种奶油的,一毛钱一根。

我经常吃的就是二分钱一根的,五分钱小豆的吃过几次。一毛钱奶油的只吃过一次,确切地说,那不算是吃。

那次,我买了冰棍儿往家走,正看到村东头的二焕。她手里也拿着一根冰棍儿站在我家的东墙前,我用眼一瞥,不会吧?竟然是奶油的!为了证实,我走上去定睛细看,颜色是白的,而且外面用一种带蓝色图案的纸包着,没吃猪肉,却常看猪跑。真要命!果然是奶油的。

我闻到了一种不同于黄冰棍儿的味儿,香得诱人。她慢吞吞地吃着,不,不是吃,而是用舌头一点一点地舔着。舔一次嘴里就会呼出一口气来,那气,也香得馋人。

我拉着她坐在墙角边,一根冰棍儿吃完,我也打听到了她这根奶油冰棍儿的来历。原来,前几天她在天津的姑姑来了,给了她十块钱,她娘扣下八块,给了她两块自由支配。

她呼出一口气说,这两块钱我全吃了奶油冰棍儿,你算算,能吃多少根?

我没搭理她,用袖口抹了抹嘴巴,头也不回地走了。

回到家,我感觉自尊心受到了严重的伤害。凭什么?凭什么她吃奶油冰棍儿？她家的穷在村里数一数二，她娘经常来我家借洋火儿(火柴)，有时借两根有时借半盒。按学习，她追不上我的脚后跟。可她竟然在吃一毛钱一根的奶油冰棍儿！这是啥概念？她吃一根就等于我吃五根！还说把两块钱全吃了！那不就是二十根吗？也不怕撑着！

于是，我找出了钱包，翻翻还有一块八。我拿出一毛钱飞快地跑出去，顺着喊声找到了卖冰棍儿的，把钱一伸，要奶油的！卖冰棍儿的小眼一眯，丫头，奶油的没了，要小豆的行不？我连连摇头，丧气地走了。

第二天，下雨了。

雨一连下了四天。

第七天，终于等来了卖冰棍儿的。

我举着奶油冰棍儿一路向东，小跑到了二焕家门口。我也想让二焕看着我一口一口把这根奶油冰棍儿吃完，不，是舔完。

她家的门关着，我不敢进去，二焕有个疯哥哥，常常用土坷垃打人。于是，我在门口大声叫，二焕，二焕。没人答应。我又跑到她家房山上，用脚咣咣踹，踹得我两脚生疼，也没声响。看看手里渐渐变软的冰棍儿，望望天上的太阳，我咬紧嘴唇。心想，不能吃，不能吃，一定得让二焕看到。

可那要命的奶油香味直往鼻子里钻，我真有点忍不住了。

我继续在二焕家门口徘徊，继续一声声叫着，二焕，二焕。

不知多久，二焕家的邻居东海哥从公社下班回家。看到我，说，别喊了，就二焕她聋爷爷在家，二焕跟着她爹娘去天津给她疯哥看病了。

东海哥说这些话时，我手里的奶油冰棍儿正化作汤汁，顺着我的胳膊肘一滴一滴地流到地上。我赶紧把棍儿放在嘴里吸吮干净，然后，哇哇大哭。

白荷花

秦 辉

我上五年级那阵儿,无师自通地学会了画画。

那时,我整天躲在西屋,对着一些杂志的封面和插图临摹。她总是眯着眼坐在炕头上打盹,从不打扰我。

那天,我看到她盖的被子怪好看的,就照着画了一幅凤凰戏牡丹,然后用蜡笔涂了,平展在炕上。她慢慢地凑了上来,平日浑浊的眼睛放着光,问:“丫头,是你画的?”我说:“嗯。”她又问:“以前都是黑的,这个咋红红绿绿枝是枝叶是叶的这么热闹?”“是用蜡笔涂的,这个还不好看呢,要是用国画颜料涂起来才鲜艳哪!”她用手轻轻摸索着牡丹嫩黄的花蕊,说:“咋不用那个涂呢?”我拨开她的手,她的手很胖很粗糙,据说长这样手的人很笨,很拙。她便如此,从年轻时就做不好饭做不来手工活。我说:“那种颜料咱这没卖,人家二焕是她姑从天津捎来的。”“那咋不让你娘老子出去给你买呢?”我把画卷起来,没理她。让他们去买,这不是找打吗?

周末,姐从单位回来,跟妈在外屋絮叨,好像是死了爷们儿的同事耐不住寂寞偷人时被捉。姐说,男的还在女的身上就被逮住了。妈叹口气,那女的也不容易呀。她大约听到,在灯影里骂一句,臭肉。然后铺了被子歪头躺下,在黑暗里翻转着身子。

隔壁的王三奶奶死了,送葬时孝子孝女跪了一大街,哭丧的唢呐吹翻了天,我瞧完热闹回家,她也搬了小杌子随在我后面。进了院,我拿树枝追院子里的小鸡崽,她就坐在太阳下,并不像平日大声地训斥我,只是一语不发。等我满头大汗地回屋,她也跟了进来。

我拿纸准备画画,她突然说:“丫头,给我画张吧!”我问:“你要画做什么?”她的嘴哆嗦了一下,脸上的皱纹也跟着紧了紧,她含糊着并未答话。我问画什么,她说:“画荷花。两朵。一朵大的,一朵小的,两片叶子,一个在下面,一个在高处。画小点,像你巴掌这么大就行了。还有,叶子翠绿,荷花要白色!一样的要两张。”

我不解,问干啥画这样小还要两张一样的,还有粉红色的荷花才好看啊。她很坚决,说丫头你不懂,一定要白的,白的干净。

我先用铅笔画出轮廓,再用碳素笔描黑。然后拿了两块姐捎回来的酒心巧克力到二焕家,换来了国画颜料。二焕追出来,说,你可仔细着用。我嘴上说,行。心里想,才怪。涂出来的荷花果然特别,叶子翠绿,花瓣粉白。那白,干干净净,像什么也没有。

她一直在旁边看着,我涂完颜色,把画放在桌上,她两眼一眨不眨地盯着那四朵洁白的荷花,喃喃自语:“白荷花,白的……”

后来,她执意要回自己的家。我拎着她的小鸡崽送她到车站,她一只手掩着藏青色的偏襟夹袄,一只手用手帕捂着鼻子,两只小脚生风一样走在前面。

她走后我再也没见过那幅画,一直到那天。

那天,有人捎信来,说她病了。下午,爸和妈去了她家。我放学回来,见门口围了一大群人。二焕挤到我身边兴奋地说,你家死人了。

我来到西屋,她躺在炕上,紧闭着眼睛,灰白的头发胡乱散着。好多人都围着她，给她脱衣穿衣。在拉拉扯扯中，我竟然看到了那两幅画。它们粘在她的鞋子上，那双鞋子我见过，妈缝的，记得我还问这是缝的啥鞋，花里胡哨还带唱戏的红绸子，妈说是送老用的。我问啥叫送老，妈说你长大就懂了。那画沿图案轮廓剪下来粘在鞋尖处，两朵荷花，一朵大的，一朵小的，两片叶子，一个在下面，一个在高处。叶子翠绿，荷花洁白。

她是我的姥姥，妈五岁时，姥爷舍下母女俩远走河南，后寄回一纸休书。她誓死不走，在一间不足二十平方米的土坯房中，从青丝守到白头。

黑匣子

秦　辉

我放下书包，将灯点亮。她照样坐在炕头的黑影里，瑟瑟地摸索着。我知道，她又在摆弄她的黑匣子了。

从我记事起，那个黑匣子就常年放在她炕上的枕头旁。匣子漆黑锃亮，长方形，顶部雕着好多花，那些花被她摸得没了形状，一点儿都不像花了。黑匣子用一把金黄色的铜锁锁着，钥匙在她放衣服的大木箱里。姐妹几个，她最疼我，可也从没让我打开过。

有一次，她在外面晒太阳，姐鬼鬼祟祟地趴在窗台上向我招手，我进屋。姐趴在我耳朵上让我放哨她拿钥匙。我不干，姐就骂，你个死丫头，肯定是早瞧了里边儿的东西。我推开姐，你瞎说，连妈都没看过里面是啥，我哪里能瞧到。姐叹口气，这倒是真的。

确实，除了她，那只黑匣子从没人打开过。妈说，这个黑匣子是在姥爷去河南的第六年，也就是妈十一岁时，她才有的。只知是别人留给她的，至于里面是什么是谁给的，她都没跟妈提过。

我到灶间拿了一个窝头，夹了一筷子虾酱，又折了一根大葱。一边吃一边摆弄姐给我的那些邮票。

灯影里又传来她的嘟囔声，丫头，那人真像你姥爷啊，那鼻子那眼那会笑的嘴角。我继续吃我的窝头继续看我的邮票。真的，丫头，太像了，是你姥爷他回来看我了……别说了！我狠狠地咬掉一口窝头大喊道，这些我都背熟了，不就是你只做过一次贼因为我妈在炕上饿得哇哇大哭吗？然后你摸黑去了大屋的偏房，偷了两个菜团，不就是你走时踩到他了吗？他长得跟姥爷一模一样，浓眉玉面，嘴角翘着总像在笑，不就是他受了伤，你把他拖到墙旮旯，盖上草席，拿菜团给他吗？不就是他活了命，给你留了张条子吗？说去台湾，你倒是找他去啊。你去啊。

她并不辩解，只用手哆哆嗦嗦地去拿了匣子，说，丫头，你不懂，我早晚要走的……

我不知她所说的走是去哪里，去河南找姥爷还是回她自己的家。

姐要出嫁了。前一晚，送走了亲朋好友，妈收拾着亲戚们送的点心、糖果和布料。我跟姐躺在炕上说话。姐说，妹，你觉得那个黑匣子里装的是什么呢？是不是金条和洋钱啊？我说，你出毛病了吧，要真是也早用光了，你不知那时妈她们过得多难吗？姐说，也是，大姥姥、三姥姥每天骂糊涂街，那些脏心烂肺的舅们更是往外撵，她们要是有钱早搬外边儿去了。妈把我拉起来，说，别瞎猜了，快睡去吧，明天还得起早呢。

迎亲的队伍天不亮就来了，姐的嫁妆都贴着鲜红的双喜字，被面红红绿绿的煞是好看。我穿梭在人群里，好不快活。妈说，快去换你的新衣服。我跑到西屋，发现她坐在炕头，从一团乱蓬蓬的线里找线头，她的头深深地低下去，几乎要钻进那团线中去了。我问她咋不出去瞧热闹，她说，丫头，我是半边儿人，出去不吉利。

后来，我问妈啥叫半边儿人。妈说，就是两口子，缺了一个的。

姐到底没看到黑匣子里面的东西，姐带着遗憾离开了。姐出嫁后的第十天，她回了自己的家。不久，她病了。妈和爸又把她接了回来。

她的病好像很重，好多人都来了，忙里忙外的。姐也从婆家赶了回来。

黑匣子跟她的衣物全都扔在柜角上,那把钥匙从一件藏青色的夹袄中垂落下来。姐从人群里出来,背着身飞快地把钥匙抽出来放在衣袋里,用夹袄把黑匣子裹了,然后把我拉到了没人的地方。

我和姐兴奋得满脸通红,姐把钥匙插入锁眼。黑匣子开了。

匣子里层也是黑红色的,光滑细腻,匣底放着一张四四方方的纸。

我和姐展开,上面是一些字,很模糊。只能看出那两个最大的,休书。左面的年代,已经远得看不清了。

卫　河

范子平

我的童年，打记事起，大半是在卫河畔的合河村度过的。一提起合河，都知道那座明代修建的石拱桥。古桥在村子的北口，古桥下就是生机勃勃的卫河水。中间的一大孔下河水最深，远看好像一块巨大的碧玉，带着几道略显泛黑的皱褶，静静地俯伏在那里，走近了看，又觉得是扯不完的绿缎子，源源不绝从桥洞口拽出来，平滑地向东倾泻过去。桥的东边河道豁然开朗，开阔的河滩长满丛丛荆棘和灌木杂草，到秋季枝叶斑驳红绿黄相间，十分好看。从河滩向河流走去，先是一汪浅水湾，再就是稍微露出水面的沙岛，再往里就是湍急的河流了。

卫河是我们小孩子的圣地，我们经常是一放学就到河滩去，在灌木丛里采野花，摘树叶，抽毛芽，逮蚂蚱，掏螃蟹……总之干不完的“活计”，说不尽的乐趣。我们的队伍里，除了低年级的小学生，还有没上学的孩子，这里边就数我们胡同里的邻居麦香最懂事。麦香蜡黄的瘦脸，毛茸茸的黄头发，穿着方格打补丁的粗布衣服，和我一般年纪，但她是一个盲女。刚开始我很纳闷，没有眼睛咋走路呢？我学着闭上眼睛，但一种恐惧感马上就开始折磨自己，走不了五步就再不敢迈步了。可麦香敢，她耳朵和鼻子特别灵，敢在胡同里井边打水洗菜，会在家里做饭洗衣，在河滩的草棵子里来来往往竟也跑得开，有时也能抓住在草叶露水珠上爬来爬去的蚂蚱，总伴着开心的笑声："是笨头笨脑的青扁担！"我说："你真中！"麦香却恨恨地说："俺不认字！"我暗笑，想你没眼睛咋会认得字呢！我就炫耀地讲了老师上课的故事，讲我们学的功课，她仰起脸听，一动不动。我只说一遍，她就会大声背诵："秋风起了，天气凉了，一群大雁往南飞，一会儿排成个一字，一会儿排成个人字。"我看见草棵子上有几朵刚绽开的小花，我揪下两朵给麦香插到发梢上，说："插上花，你可好看！"没想到，麦香黄瘦的脸上顿时一片粉红，说："真的？真的？"就挺挺胸摆摆头，一副表演的样子。中午，她头戴小花心满意足地领着弟妹回家。

听说麦香生下来不瞎，是刚一岁时患眼病耽搁的，没多久她娘也患病死了，她爹就说她克母，从小就不待见她。后来有了继母，又有了小妹妹小弟弟，更不待见她，老是让她干这干那领弟妹忙叨叨的，可吃饭得先尽着弟妹。没想到我的两朵小花带给她了厄运，到家就挨了打——继母说头戴白花就是咒她死，捋下小花摔地上踩个粉碎，还拿起擀面杖把麦香腿都打肿了，有一段时间麦香就没出门。我也因此挨了母亲的骂，心里着实内疚了好几天。

慢慢就淡忘了，毕竟是九岁的孩子家，再说转眼明亮的夏天到了，到浅水湾游泳又成了我们棒打不散的课外作业，成天一放学就三五成群到河边来。浅水湾里水是清澈透底的，离岸不远的地方稀稀落落地长着孤立的小草，那绿茸茸的小草把狭长的叶片伸出水面，却又舍不得似的向水面亲吻下去，和倒影相连画成一个椭圆的环。水草附近总有豆芽大的小鱼，银灰色的，成群结队向着一个方向，很潇洒地游动，倏尔一动，又一起转身朝着另外一个方向游，像是有口令似的。这里水不过一米多深，正好是我们的乐园，大家扑扑通通跳进去，狗刨腿，钻没影，打水仗，正玩得痛快，听见谁喊我，搭眼一瞧，岸上站着麦香。

我有些扫兴地出来，说："你也想下水呀？"麦香说："你再给我采两朵花，给我插发梢上。”我害怕地说：“那不挨打呀？”麦香说：“花儿只有白色的吗？”我胆战心惊地采了两朵小红花，麦香接过来嗅了嗅，自己认真编进发辫里。她要我给她再讲讲卫河上来来往往的帆船。我挠了挠湿漉漉的头，说，你看，船当中立着大帆大布篷，风吹着帆带着船跑得飞快，把河水犁出一条大沟拖在船后，白生生的浪花冲向沟两边像撒珍珠一样，再后边就是晃荡的绿色波纹了。麦香问：“上船都是在码头？”我很奇怪，说那当然是，这儿再往东不就是码头？那边岸上一排老柳树拖一溜密匝匝的树荫，再毒的日头也凉快着呢！从岸上沿着木板就上到船上，我还上过呢。

麦香好一晌才说想趁哪天黄昏，偷偷跑到船上藏起来，跟船往海边去，还说她偷偷捡瓜子卖攒了三毛六分钱，给弟妹留下六分，三毛带上，还得带点红薯干儿路上吃。我问她去海边干啥，她微笑了，说要去找娘，找亲娘。死人也能找？我一下子愣了。麦香说她亲娘没死，是受不了她爹打自己往海边跑了；说老做梦梦到娘；说到海边挨村问，不信找不到娘；找到娘就会给她治眼，治好眼就会让她上学。

麦香说得兴奋，两颊红红的像飞满了朝霞一般，还从口袋里掏出一小把她采的紫蛋蛋果让我吃，那黄豆大的紫蛋蛋果酸酸的甜甜的，但那一会儿我吃得很沉重。

没过多久我家就搬走了，一走再没回过合河村，但好多年都是，一静下来，碧绿的卫河水就仿佛滔滔涌来，波涛中总站着穿方格衣裳的童年的麦香。麦香到底去没去找亲娘呢？一直到现在我也不知道。

沙 路

范子平

记得刚刚换下开裆裤的时候，随大人回老家去，爬上雄伟的古阳堤，第一眼印象就是，广阔的连绵起伏的沙土地，宛若波浪，时有横着的沙沟发着深黄色彩，还有浅黄色的沙路，曲曲弯弯，时隐时现地伸向天边，仿佛是通向那绮丽诡秘的云画里。于是沙沟沙路，就成了我当时最强烈的憧憬。

好在本家叔叔大伯的小孩子很快混熟了好几个，岁数跟我都不差啥，大人们要我喊哥喊弟，我却很感兴趣地喊他们的名字"狗碰""羊娃""福娃"，他们也声叫声应。我们一起上了古阳堤，大家齐发一声喊，争先恐后跑下大堤，一团烟尘卷上沙路。

一道道大小不一的沙丘从远处逶迤而来，横过沙路，路中间沙坡被马踏车碾弄得凌乱了，路边连接着路外的田地上，还是原始的形状，凹面都是细软的沙粒，平滑地铺在那里，阳坡星星点点闪烁着太阳的光。

欣喜地叫一声，我们便一起冲过去，赤脚踏上，像绒毯，像海绵，那样松软，沙土泉流一样从脚趾缝里冒出，又朝着脚面和小腿肚子围上去，凉凉的，痒痒的，舒心得很，忍不住弯下腰去，抚摸她，她便也抚摸你。她抚摸你，像是母亲温柔慈爱的双手；你抚摸她，像是抚摸母亲蕴着丰茂奶汁的乳房。太阳转过了东南方，明光光晃眼，田野是那样开阔，我们印在沙路上的影子渐渐缩短，沙路沙丘暖和起来了，渐渐有些烫脚了，干脆再赤脚蹚几趟，听说能治脚气病呢，后来觉得乏了，便仰躺在沙路上，头枕着小沙丘，两手扒着细沙围住双脚，围住双腿，围住胳膊，围住整个身子，舒服得张开小嘴巴，露出小碎牙，额上沁出细细的汗珠。

躺足躺够了，还得想新点子，这么柔软的沙路，不玩个痛快亏得慌。狗碰问："玩儿啥？"羊娃说："碰拐吧？"碰拐是手扳起一条腿，单腿蹦跳着互相碰膝盖玩儿。狗碰一撇嘴说："咱今儿埋寻吧。"词典里也许没有"埋寻"这个词，但童年的我们可都心向神往。那就是把一件东西在沙土里埋起来，另外几个人刨土寻找。开始是埋寻一根树棒棒，后来是埋寻小手巾。连着五六回，赢的一方总是刨沙寻找的一方，埋的一方总是输方。狗碰说："得动真格的，埋钱！"埋钱？那时可不是现在，钱金贵得很，被派出来买盐打煤油（点灯用），大人一分一文都抠算得清楚，就是千方百计能偶尔偷偷藏起一分钱，往往也被大人搜兜兜搜去。我兜里是一枚一分的硬币，狗碰也是一分的硬币，羊娃没有钱，只有福娃是二分的硬币，是他娘让他买洋火儿（火柴）的。再一次"石头剪刀布"决出顺序，然后大家背过身去，由福娃埋，埋过喊一声"好了"，大家就扭过脸来，刨沙寻找。那两枚一分的硬币很快被翻寻出来，但福娃自己那二分的硬币咋也找不到。开始福娃还骄傲地昂着头，故意不看我们，后来他也有些急了，说："就在这儿啊。"也下手刨寻。一只只小手像是一把把红红的小耧耙，翻上翻下沙土乱飞。翻腾了好半天，竟然不见踪影，福娃一下子哭起来，说："俺娘会打我的……"狗碰说："甭哭，不会找不见的。"仍然不停地刨。福娃说："要是找不见呢？"狗碰就说："把我的一分钱给你。我打醋余下的，大人不知道。那一分我想法再打一回醋就成。"我也说："不用的，我的一分也给福娃添上。"羊娃说："咱还得再找找呀。"也许是诚心感动苍天，这次福娃一下子抠出来，坐在沙堆上大口喘气，大家也都松了一口气。正在欣喜，狗碰手一指说："看，天混沌了。"

不知不觉间，原来万里无云蓝莹莹的天空早已苍黄一片，低沉的呜呜声从天边奔驰而来，这就是我们这儿常说的猛帐子风，带着强烈的气势，雄壮地唱起歌来。沙便兴奋起来了，急切地扑上去，伴着风舞蹈，拥抱着再也不分开，他们热烈的爱，充斥于天地之间，于是空中便响起愉快的呼哨，像是在召唤我们，又分明是推搡着我们，要我们参加他们的舞会，融进那疯狂的旋律里。我们的心情莫名其妙激动起来。也想和一首歌，一张口却被狠狠地噎回去。我们便在沙路上蹦跳。大风卷得均匀，铺天盖地全是沙尘，脖子里是沙，衣袖里是沙，口里鼻里都是沙，两眼可是一点都睁不开呢。我们手拉手坐在沙路边，任凭大风揪住我们的头发晃来晃去，任凭沙粒打得衣裤沙沙响。别担心脏了衣服，沙粒比肥皂还管用呢，脏的手绢埋进寻出，要不了几个回合，就干干净净的。就算在家里不小心弄到衣服上的饭巴，经历这么一场裹沙带刺的猛帐子风，污痕也一点都不见了呢。

风小了，可以张眼四望了，沙路上的沙丘又一道道接着田野连成了风景，正想再玩的主意，狗碰说："快跑！"我一抬头，看见乌黑的云团盖上来，紧接着大雨珠子砸下来。还没跑几步，哗哗就下紧了。沙路贪婪地吮吸着雨点，松散的浮沙瓷实了，但还带着一点绵软，好像海绵上面铺了一层橡胶，跑起来特别舒服。虽然到家挨了大人一顿骂，但终生再不会忘记童年的沙路这段童话。

我家的黑眼儿羊

范子平

那个色彩斑驳的秋天，山西的表舅来我家，从平车上卸下一个筐，说，小胖，给你的。我过去一揭盖儿，一张长长的嘴伸出来，带几根胡须，是山羊！两个眼眶处像落上两块椭圆的黑叶片，熊猫一样，但那时可是不知道熊猫的。只见它伸出鼻子来嗅这嗅那，像条小狗一样有趣。我高兴得跳起来，但还没有落地，那个小山羊便从筐里跳出来，而且一发不可收，连着跳了几十下。这似乎还不足以展示它的功夫，它又径直跳到猪圈墙上，再一下就跳进猪圈里，把正在棚下侧着身睡觉的大花猪吓了一跳，花猪哼哼唧唧地还没起来，小山羊已经照它的肚子就是一下。那头一百多斤的花猪还在嗷嗷地抗议呢，小山羊又飞身跃出了猪圈。我高兴地问，公的母的？

表舅说,公的,在山岩上抓的羊羔子,才养俩仨月,野性大,留心别让跑了。

我叫它黑眼儿,把它关在家院里,不断地去外边薅青草喂它。它可是一个典型的破坏分子,几乎没一分钟休闲,不停地跑,不停地跳。跳上我做作业的课桌,踩坏我的作业本,跳到我家里的棚上,弄得上边堆放的杂物咔嚓嚓乱响。还会沿着猪圈墙跳上我家的院墙,我正在下面为它捏一把汗,唯恐它掉下来摔死呢,它却在高高院墙上小跑着倏地来个一百八十度急转弯。在我惊呼出了声时,它却得意地抖着毛刷似的小尾巴,接着就一撅屁股跑快,凌空一跃,又跃上了我家的厨房顶。厨房顶抹的是麦秸泥,哪里经得住它这般跳远跳高?好几个地方被踩出了窟窿。爹几次气得拿起木棍要教训它,都被我拦住,只好自己上房又泥了一遍。我是独子,只要我坚决反对的事情,爹是不会做的,但从此上房泥厨房顶成了爹经常的作业。只是爹每次完成后都要吵我,我成了黑眼儿羊错误的受罚者。我也曾多次把黑眼儿羊牵到厨房跟前,指着让它看它造成的恶果,黑眼儿羊毫无认错的觉悟,总是不耐烦地一转屁股就跳开了。

我每天去上学,都要郑重其事地向黑眼儿羊道别,黑眼儿羊似乎很理解,马上面向我立定叫上几声表示留恋。我放学回来,总是要拐个弯儿,薅些嫩草回来,黑眼儿羊知道的,它一听我的脚步声,就兴高采烈地旋风般跑来,把我手中的草一把掠走,津津有味地咀嚼起来……

经过了冬春,转眼又到了夏,黑眼儿羊越长越大,越长越强壮了,脊背覆盖着缎子般的毛皮,一双尖角有力地耸在头顶。暑假里我常常带它出来。它精力充沛,在赤日炎炎下照样四处游荡,跑起来轻盈灵活,站那里威风凛凛,吃草之外,经常练习依托树木、沟坎的掩护去靠近、隐藏,时而一场爆发式的攻击,或者突然地奔跑逃离。每当有其他山羊、绵羊或者猪经过,它往往就淘气地野性地去攻击。后来我发现它对村里的狗也并不畏惧,反而颇有决一雌雄的精神,一见狗就勇猛剽悍地冲过去,弄得我拼命拽住套在它脖子上的绳索,常常弄出一身的汗。

那天村长家的黑狗过来了,村长家在村东头,但他家的狗今天在我们村西出现,这不是好事。我小心翼翼地把黑眼儿羊摁倒在路沟里,但是村长的狗向来是吃遍全村,盛气凌人的,大约闻到什么气味儿,它小步快跑径直朝这边过来了,喉咙里还发出呜呜的威胁声,我正担心,黑眼儿羊按捺不住一下子跳上来,平时很受村里人们包括家禽家畜们敬畏的黑狗大约是没想到,一下子被黑眼儿羊的角顶住,横着一豁,呼一下豁出几米远,黑狗汪汪地叫着逃跑了。

许多人都很开心,小伙伴们都朝我跷大拇指,我虽说有几分骄傲,可到底担着心,到家果然被老爹骂一场。村长的狗虽然不是村长,但还没谁敢来冲撞它。今天的事是不是有啥后果,谁也不敢讲。

村长果然来俺家了。就是没有提狗这件事,村长来也难有啥好事,村里人都知道要弄些好东西给村长花钱消灾。可我家有啥好东西呢?村长进了我家院门,开门见山说,你家养了野山羊?爹赔着笑。堵在羊圈里的黑眼儿不知道啥时候蹦出来,一溜跑朝村长冲过来,只听得蹄声响,我连忙去拦阻也没拦住,村长转身就跑,屁股还是被顶了一下。虽然我们担心很多天,但村长除了在大喇叭上吆喝几次“必须管好自家猪羊”,就再也没上过我家的门。我搂着黑眼儿羊的脖子说,村长其实好人哩!爹看看我又看看黑眼儿羊,脸颊上也露出了笑意。

那年的压岁钱

韩昌元

那个年代,我家很穷。

那年春节,全家人都沉浸在期待大姑到来的喜悦中。

大姑嫁到了广州,已有好几年没回来了。父亲烧起火,我和弟弟就围在火堆旁。火很暖,父亲和母亲就说起大姑的事。那时,在村里人看来大姑是嫁给了个有钱人,好日子可有得过了。

天气更冷了,我们围着火堆挤得也更紧了。雪伴着年关而至,本是瑞雪兆丰年,可却是被我们全家人骂着。尤其是弟弟,总问父亲:“下雪了,大姑还会来吗?大姑什么时候才能来啊?”

“来,你大姑肯定会来。”父亲说。

于是弟弟就愣看着火,期盼着火堆旁能多一个大姑的身影。

弟弟期盼大姑来是有目的的。

弟弟所谓的目的就是要大姑的压岁钱。父亲母亲曾不止一次地说,大姑有钱。如果有了压岁钱,弟弟便可以上县城赶会了。赶会那天是县城一年当中最热闹的一天,全县城的男女老少都会去赶会,能够赶会是我们最大的梦想了。然而从我们家到县城要跑半天的路,但如果父母能给几角零用钱买点儿东西,就是跑几天的路我们也乐意。

弟弟越来越着急了。

腊月二十九,大姑和大姑夫终于来了。弟弟忙从屋里跑出来,一不小心,就跌倒在大姑的面前。大姑笑了,给了弟弟糖吃。弟弟吃完糖,很失望地去找母亲,说:"大姑没给我压岁钱……"没说完,弟弟的嘴一撇,脸就拉了下来哭了,哭得很凶。

"傻孩子,还没到大年初一呢——大姑会给你的。"母亲擦着弟弟的眼泪就笑了。

弟弟期待大年三十快些过去,于是年夜饭弟弟都没吃就去睡觉了。母亲问弟弟为什么睡觉,怎么连饭也不吃。他说:"睡觉了,年三十过得就快了。"弟弟说着就把头用被子蒙上。大年初一的晚上,大姑给了我和弟弟各五元钱。弟弟拿着钱蹦得好高。那时,五元钱可以解决好多问题。

弟弟拿着五元钱,见了小伙伴就掏出钱炫耀。小伙伴更羡慕弟弟可以去县城赶会了。弟弟晚上睡觉的时候还把钱藏在枕头底下。没事儿弟弟就拽着我,说:"哥,这五块钱可以买个书包,还可以买个小车,还剩不少呢……"

大年初三,大姑又要走了。

"大姑,初五再走吧,我们一起去赶会。"弟弟拽着大姑的衣服。

大姑笑笑,拍着弟弟的脑袋说:"大姑什么世面没见过啊。"说着,大姑大姑夫便和我们一家人再见了。大年初四,弟弟在家坐不住了。那天一个卖豆腐的老头儿来我们家要账,说我们家欠了几年的豆腐钱没还。父亲说等两天一定给。

晚上弟弟回来,又将五元钱炫耀给我看。吃过饭,弟弟很早就睡了,弟弟睡的时候和我说了三遍第二天去县城。弟弟睡的时候,忘记把钱放在枕头底下,而是放在了桌子上。

天亮,弟弟哭得很凶。弟弟的五元钱找不到了,弟弟翻完了枕头,就翻大床,然后到床底下去找……几乎所有的角落都被弟弟翻了一遍,仍然没找到。弟弟拽着我的衣服,哭着说:"我的钱找不到了,我没法去县城了。哥,我去不了县城了。"弟弟像疯子一样。

父亲吸着烟袋。半晌,弟弟拽着我的衣服说:"是你偷了我的钱,一定是你,昨晚我拿给你看的。"弟弟突然和我打了起来,要我还他的钱。

"我没有!"我将弟弟甩在了地上。弟弟趴在地上,满身是土。我看弟弟怪可怜的,就想到拿出我的五元钱和他平分算了。可是那一刻,我惊呆了,大姑给我的五元钱也不见了。我开始全身痉挛:"钱！钱！我的钱哪儿去了?"我也开始像弟弟一样到处找钱。

那天,弟弟和我打了起来——他总认为钱是我偷的。母亲哄着弟弟说,等有了收入就给弟弟五块钱,并带弟弟去县城,买书包,买小车……可当弟弟看到别的小伙伴去县城赶会时,又不顾一切地哭了起来。

父亲终究把欠了几年的豆腐账给还上了。

外婆家的杨梅树

莫　美

小时候，我在乡下外婆家住过几年。

外婆家的屋后有一棵杨梅树，主干有两层楼那么高，树冠有一间房那么大。春末夏初，杨梅树上便挂满杨梅，开始是青青的，慢慢地变红，熟透了，看着让人流口水，放进嘴里，蜜一样甜。

外婆心里有两个宝贝：一个是我，一个便是这棵杨梅树。

这棵杨梅树每年能结三四百斤杨梅。杨梅摘下来后，除了自家人吃，给左邻右舍尝尝鲜，还要浸酒，还要卖钱。外婆家每年要浸三大坛杨梅酒，外公、舅舅都不爱喝，倒是外婆每天晚上要喝一小杯。村里人说，外婆五十多岁了，看上去一点儿也不显老，是杨梅酒养的呢。余下的杨梅，要挑到街上去卖，三毛钱一斤，可卖六七十元钱。六七十元钱是个什么概念？在生产队里，舅舅一年能挣三千多工分，年终结算，每十个工分只能分两毛多钱。也就是说，一棵杨梅树，顶舅舅那样的壮劳力辛辛苦苦劳动一年的收入。难怪外婆要把杨梅树当宝贝看了。

杨梅由青转红的时候，外婆就天天在家里守着。屋后有一条皋，细伢子站在皋上，用木棍或石头可以打到杨梅，一棍或一石头，就可以打下十几或几十颗。如果无人看守，不等成熟，杨梅都打没了。即使有人守着，也难看得住。只要外婆一背脸，杨梅就可能被偷打。

带头偷杨梅的是表哥顺生，我也跟在后面。总共五六个细伢子，也不多打，每人能分上四五颗。那杨梅入口，又酸又涩，一点儿也不好吃，但我们吃得津津有味。外婆闻声而出，我们早一溜烟跑到了她看不见的地方，蹲下来，屏住气，听外婆骂。

外婆骂人的声音很洪亮，抑扬顿挫，有板有眼，像唱歌一样：

这些没良心的鬼崽子哎——

这些砍脑壳的鬼崽子哎——

杨梅还是青的哩，你们就这样下得去手啊！

你们吃了烂嘴巴啊，坏肚子啊……

骂来骂去，也就这么几句。骂得越厉害，我们越开心。骂声停下来，反倒没味儿了，哄一声散了。好像我们偷杨梅，就是为了赚取外婆的骂声。

其实，外婆知道是表哥带的头。回到家里，她冷不防就会抓住表哥的耳朵，边扯边骂。有时，表哥忍不住了，就会把我供出来，说："英子也参加了，凭什么只打我骂我？"外婆就会说："英子是个妹子，又比你小，还不是你带坏的？"又问："你还带头去偷不？"等表哥立了保证，外婆也就松了手。

但保证归保证，偷还是要偷的。外婆骂也是要骂的。

外婆骂得越来越难听。我就对表哥说："我们不去偷了，不赚骂了，想吃，就和外婆说，摘几颗下来。"

表哥想都不想，就说："那有什么味儿？又不好吃。"有时还装出一副大人样子来："细伢子要赚骂，骂去身上的凶煞，才长得大呢。"

一回两回，杨梅便在我们的偷打和外婆的咒骂声中成熟了。外公翻开历书，选一个黄道吉日,吆喝着舅舅和顺生采摘杨梅。到那一天,左邻右舍包括那些偷打过杨梅的细伢子,都会过来尝尝鲜。外婆显得分外高兴,总是笑呵呵地说:“吃啊,多吃啊,好吃呢。”看见顺生和那些细伢子,外婆还会说:“要是顺生那些鬼崽子不偷打,还要多很多哩。”外公就说:“杨梅树啊,要细伢子偷,老人骂,才旺呢。”

我们这些细伢子就边吃杨梅边嘻嘻地笑。

村子里有好几棵杨梅树,但数外婆家的杨梅树最高最大,结的杨梅最多最甜。为什么呢?因为外婆家对杨梅树最好。

外婆说,礼尚往来,人也好,猪也好,树也好,都是一样。杨梅树结杨梅给我们吃,我们也要以礼相还,不然就不结果了,结了果也不会甜。

怎么还礼呢?除了春上给杨梅树施肥,每年还要给杨梅树过年。

大年三十晚上,我们坐在火炉边,听外公东拉西扯讲故事,外婆看时间不早了,就说:“该给杨梅树过年了。”外公提着酒菜,舅舅拿一把柴刀,两人蹑手蹑脚地走到杨梅树下。

舅舅在杨梅树上猛剁一刀,问道:“你是什么树?”

外公就答:“我是杨梅树!”

舅舅把酒倒到刀口处,问:“酒好吃不?”

外公就说:“好吃。”

舅舅又把菜倒到刀口处,问:“菜好吃不?”

外公就说:“好吃。”

吃喝之后,话题转换,还是一问一答。

“你结不结杨梅?”

“结呢!”

“结多少?”

“三担零一箩。”

“起不起虫?”

“不起虫。”

“酸不酸?”

“不酸。”

“红不红？”

“红。”

“甜不甜？”

“甜。”

“落不落果？”

“不落果！”

问答完毕，放一挂鞭炮，杨梅树就过完年了，新年也就到了……

又是杨梅挂果时。一天下午，我们还未去偷打杨梅呢，外婆家里来了十几个人。他们径直走到杨梅树下，说这棵树是资本主义尾巴，必须砍了。外公、舅舅站在树下，愁眉苦脸，什么也不敢说。外婆死死地抱住杨梅树，一把眼泪，一把鼻涕，边哭边骂：“这棵杨梅树，就是我的崽啊，比我崽还要强啊。崽还靠不住啊，树靠得住啊。这棵杨梅树，老老实实在这里，没踩你们的肚子啊，碍了你们什么事啊？要这样下毒手啊。你们砍了这棵杨梅树，我就只能死了啊。要砍杨梅树，就先砍死我啊。饿死不如被你们砍死啊。砍死我你们也不得好死啊。”

哭也好，骂也好，都没用。外婆，被拖开了。

杨梅树，被砍倒了。

外婆哭骂了好几天，喉咙哑了，才停下来。

外婆，一下子就老了。

马 蜂 窝

胡天翔

1990 年暑假的一天,吃过早饭,我跟着大姐去村子的池塘洗衣服。我在水里摇来摆去地涤着大姐搓过的衣服,就听到对面的小树林里传来幽幽的口琴声。我知道是杨老师在吹口琴。那琴声沿着水面飘过来,听起来,却让人高兴不起来。

大姐,杨老师吹的是什么呀?我问。

口琴,大姐说。

大姐,杨老师用口琴吹的是什么呀?

《梁祝》。

梁柱不是在房子上吗?

不是房子上的梁柱,是《梁祝》。

《梁祝》是什么呀?

你不懂,别乱问。

杨老师说不懂要问。

他说的,你去问他!

大姐把手里的衣服涤好,扔进盆里,站起来,端着盆子走了。大姐不理我也不等我。大姐的眼睛湿湿的,还像要哭的样子,真是奇怪。

大姐不说,那就去问杨老师。杨老师叫杨文化,是大姐的初中同学。就像大姐初中没有考上师范一样,上高中的杨文化也没考上大学(那时初中考师范和高中考大学一样难),代我们的语文课。村里人都说杨老师端的不是"铁饭碗"。去问杨老师,知道了《梁祝》是一个叫梁山伯的男子和一个叫祝英台的女子化成了蝴蝶的故事。去问杨老师,替杨老师给大姐捎信,私下把信拆开知道了"我等你,小树林"。跟着大姐,在小树林里,在月亮之下,在光影之中,我看见了杨老师和大姐紧紧抱在一起。

我知道大姐喜欢杨老师,可是母亲却想让大姐嫁个有钱人。三天后,母亲让村长给大姐找的有钱人来相家了,骑着摩托来的,还是个光头。我的伙伴们一窝蜂挤进院子里看热闹,有的还喊着我的名字说,红旗你也能坐摩托车哩!大人们也三三两两地站在院墙外面,伸着脖子朝里看。我的二姐,红梅,悄悄地对我说,村长说那人是养猪专业户,家里可有钱哩。可不,摩托车上驮着一大块猪肉哩!叔叔也来了。大姐初中毕业的那年,父亲走了,家里来了客人,都是叔叔来陪客。

那人进堂屋时,正好大姐从屋里出来。他就盯着大姐看,他一定是看上了大姐圆圆的脸庞、细长的眉、又黑又亮的眼睛、不高不低不胖不瘦的身子,还有又粗又长的麻花辫子。要不,大姐都进西屋啦,他还扭着脖子朝西屋里看。中午吃的是饺子,白菜大肉馅。养猪专业户饭量大,心情也好。

我一连给他端了三碗,他还要吃第四碗。

俺家有钱,红花嫁给俺,肉尽吃,衣服够穿。他说。

那是哩,那是哩,都说你家是养猪专业户哩。叔叔说。

大姐不愿意嫁给养猪专业户,虽然村长说他家圈里的猪像天上的云彩团子一样多。大姐不吃饭,躲在西屋里。母亲和二姐去喊了两趟,她也不出来。母亲说,她不同意也不中,婚事就这样定下啦。母亲还说,等吃过饭,她就会给那个人说大姐同意啦。我去喊,大姐用单子蒙着头,不理我。不过,单子一动一动的。大姐哭了。说实话,和杨老师比起来,我也不喜欢养猪专业户。再说了,自从我看见了大姐和杨老师抱在一起,在我心里他们就是一对了。我想起杨老师讲的《梁祝》,我不想让大姐和杨老师也变成两只蝴蝶。

我在东墙下的阴影里想着心事的时候,那人却从堂屋里出来了,找厕所。想着大姐伤心的样子,这个人却像没事一样吃了四碗饺子,我真不想理他。可我还是领着他向屋了后面走去,指了指厕所。就在他进入厕所的 瞬间,我看见了厕所门口上面的那一窝马蜂。

就像杀猪一样,凄惨的叫声把屋里的人都喊了出来。我们看见养猪专业户一边跑着,一边去扒拉趴在他光头上的马蜂。可是失去家园的马蜂们愤怒了,它们前赴后继地朝那颗硕大的脑袋发泄着不满。叔叔挥着一条被单,才把它们赶走。养猪专业户的头变得更大了,眼睛却眯成了一条缝,可一个个红包还在慢慢地肿起来。大人都说快去医院看看才好。那人忍住疼痛骑上摩托车,一溜烟向着陈店镇上的医院去了。

看着掉在地上的马蜂窝,母亲感到很奇怪。好好的,马蜂窝咋掉下来了。母亲说。

让我感到奇怪的是,看到我躲到她身后,大姐紧紧拉住我的手,好像她看见了我捅马蜂窝。

鸡 香 记

邢庆杰

笔者幼年家贫，长到八岁，尚不知鸡肉何味。

人问，什么最好吃？

总答，油条。

问的人便笑，听的人也笑。笔者不知所以，也笑。

一个周日，去同学家做作业，至中午，收拾书包回家，经灶屋时，一阵异香扑鼻而来，肠胃一阵翻滚，咕咕作响。问同学，什么这么香？同学答，俺娘在炖鸡。说罢，瞅见他娘不在，领我进了灶屋。一口大锅上，压着木头盖子，香气正从盖子周边和木头缝隙里逸出来。同学掀开盖子，探手入内，抓了一块鸡肉出来。那肉正烫，他受热不起，赶紧放到我的手上。我也经受不起，遂填到口中，虽烫得不停吐气，仍觉奇香无比，几口吞下，连骨头也未吐出。回家后才觉舌头痛，拿镜子一照，舌头上竟烫了两个大泡。自此,才知鸡肉乃世间最好吃的东西。

母亲常年养鸡,用鸡生的蛋,换来平日所需的油盐酱醋。那时,农村多狸子、黄鼬等物,常来偷鸡,防不胜防。每次丢鸡,母亲必伤心数日。因此,不敢心存吃鸡的奢望。

一日凌晨,鸡叫连连。母亲打开屋门,边叱喝边拿手电筒往鸡窝处晃动。一只黄鼬拖着一只鸡,逾墙而走。天亮后,母亲沿着血迹,找到屋后的苇了湾里,寻回半只黄鼬吃剩的毛鸡。母亲将鸡褪了毛,洗净,剁成块,在大锅内炖出了满院子的香气。我们兄妹四人,每人分了半碗,吃得风卷残云,滴汤不剩。

这年秋后,玉米入库,小麦播种。一只鸡吃了拌了农药的麦种,摇摇晃晃地回到家中,一头栽倒。我大喜,依稀闻到了鸡肉的香味。母亲却不慌张,拿了一把裁衣用的剪刀,划根火柴,把刀刃烧了烧,算作消毒。然后,将鸡抱在怀里,用剪刀铰开鸡嗉子,把里面的麦粒子全部清出,又用清水反复冲了冲,然后,往鸡嗉子里塞了几粒玉米,用缝衣针一针一针地缝合。母亲给鸡做完"手术",将它放在鸡窝前的草窝里,就去忙了。那鸡如死了般,半睁半闭着眼,一动不动。我觉得它必死无疑,便拿一个马扎坐在旁边,静静地瞅着它。秋阳照在鸡的羽毛上,反射着柔和的光泽,我忍不住用手在它的羽毛上摸了摸,光滑、柔软。我的手刚刚离开,它竟动了动。我以为看花了眼,仔细看时,它的眼睛已经睁开了,眨了又眨,然后,它缓缓站了起来。我甚感遗憾,到了嘴边的肉,就这样飞了。

不几日,家里又丢了一只老母鸡。母亲在房后的苇子湾里唤了半天,也没有回音,只得作罢。午后,我悄悄潜进了苇子湾,拨开已经枯黄的芦苇,对整个苇子湾进行了地毯式搜索。我花了半天的时间,把苇子湾搜了个底朝天,也没能找到一根鸡毛,却意外地捡到了一窝鸡蛋,有七八个之多,总算让母亲有了一丝慰藉。自那时起,我即养成一嗜好,常于闲暇之时在草丛柴垛旁搜索,希望发现鸡蛋或鸡雏,但终未如愿。时至今日,每到郊区农村闲走,见了草丛柴垛,仍下意识地搜索一番,竟难改陋习。

那只老母鸡就这样消失在我们的生活里,没有留下一丝痕迹。时光缓慢地行走在我幼小的生命里,对于吃鸡的渴望与日俱增。那只老母鸡淡出我们的生活之后,忽然又奇迹般出现了。那是一个星期天的上午,十点多的光景,它慢慢地踱着步子，像一个凯旋的将军，来到院子中央，忽然伸展开双翅，从两翅下竟降下一群叽叽欢叫的雏鸡。我数了数，竟然有十一只。母亲听见声音，从屋里出来，见状大喜，回屋抓了一大把金黄的玉米粒子，撒在了母鸡的身边。其他鸡想凑过去分享，统统被母亲拿笤帚赶开。母鸡已饿良久，贪婪啄食，但仍不忘护雏，每见有雏走远，即用翅圈回身边。我心下一暖。

作为"功臣"的老母鸡，终被母亲所杀。它已经养成了在外产蛋自行孵雏的习惯，俗称"不着调"。但外面着实凶险，它产的蛋不是被蛇所吞，就是被别人所获。母亲在一个月没看到它产的蛋后，终于狠下心来，杀了它为我们兄妹解馋。那是我们家第一次杀鸡，也是全家吃到的第一只完整的鸡。每人分得一平碗，大快朵颐。

那年笔者十岁。至今忆起，鸡香犹在胸腔。但今日之鸡，远非幼时之鸡，再食，味同嚼蜡。

给张小渴老师做媒

于心亮

我们都有自己的玩具,比如弹弓、沙包……张小渴老师也有,那是一根竹管,放在唇边可以呜呜咽咽地吹……张小渴老师说这是箫。可我们觉得那应该是笛子。

风起的时候,张小渴老师喜欢坐在山顶上吹他的箫,箫声很美丽,让流浪的风儿送出好远,送到远方,送到名叫天涯的地方……我们都觉得张小渴老师身上有许多故事,但是他从来不说,我们也从来不问,只是愣着眼神,听张小渴老师吹箫。

从张小渴老师到来的第一天开始,我们就觉得他第二天会走。结果第三天过去了,第四天过去了,张小渴老师依旧没有走。我们想:也许第五天第六天,张小渴老师就会走的吧?

但是张小渴老师始终没有走,他微笑着跟我们学习山里话，我们也笑哈哈地跟他学习普通话。我们学说普通话很快，但是张小渴老师学习山里话很笨拙。这让我们感觉很开心，原来老师也有不聪明的时候啊！

不太聪明的张小渴老师一上课，我们就觉得不是那么拘束和紧张了，我们甚至可以做一点儿小动作，还可以偷吃一点儿零食。

有空闲的时候，我们喜欢玩耍，张小渴老师喜欢写字。老师就是老师，时时刻刻注重学习。后来我们发现他喜欢把写出来的字邮寄给远方，于是我们知道，遥远的地方，原来有张小渴老师的思念啊！

我们跑到村头上寻找放羊的二哥，我们很严肃地对二哥说，你必须和春花姐姐拉倒，否则我们就天天打你的羊！二哥奇怪地问为什么，我们郑重地说，我们要让春花姐姐做张小渴老师的老婆，你要敢捣乱，我们就堵你们家的烟囱！

看着放羊的二哥真的被我们唬住了，我们就屁颠屁颠地去给张小渴老师报喜，说春花姐姐要成为我们的师母，你高兴不高兴啊？张小渴老师很惊讶地看着我们，竟然说不出话来了。我们面面相觑却又兴奋异常，原来人一旦太高兴了，竟然不会思考了，张小渴老师不会高兴得傻掉吧？

事实上，张小渴老师对我们的好意一点儿也不领情，他甚至有点儿恼怒的样子。但他并没朝我们发火，只是说我们乱弹琴。

难道张小渴老师不喜欢春花姐姐？我们犯难地把村里的大姐姐们一一拉来排队：

杏花姐姐嘛，脸上有颗痣，算命的瞎子说了，克夫。

桃花姐姐嘛，皮肤有点儿黑，算命的瞎子说了，命苦。

梨花姐姐嘛，腿脚有点儿短，算命的瞎子说了，懒惰。

枣花姐姐嘛……

——哎呀！难为死个人了，春花姐姐那么好的姑娘，长得眼睛是眼睛鼻子是鼻子的，多漂亮啊！山里的姑娘多好啊，书上不是说了嘛，淳朴善良，天真可爱……可张小渴老师怎么会看不上眼呢？

难道，终有一天，张小渴老师会走吗？如果那样，我们就不操心了，许多年里，老师来来往往，我们已经习惯了。还是去看看天上的鸟雀吧，叽哩叽哩叫着，虽然没有张小渴老师的箫声好听，但也毕竟是美丽的声音吧。

在张小渴老师的箫声里，我们顺利地度过了一个完美的学期，我们很高兴，因为我们捧回了会考比赛的锦旗。但我们也很哀愁，因为我们感觉，张小渴老师很可能要离开了……

张小渴老师开始收拾房间了，忙忙碌碌地忙活了一个上午，然后就悄悄离开房间，独自向山外走去了。我们站在山顶上，寂寞地看着张小渴老师把身影变成小山羊，变成小黑狗，变成小老鼠，变成小蚂蚁……终于变没了！

但在傍晚的时候，我们惊讶地看见张小渴老师又变回来了，不仅是他变回来了，而且还变回一个陌生姑娘，他俩手拉着手从遥远的山外快乐地走来，快乐地走来了……我们呼啦去偷听张小渴老师和那个姑娘的墙根：

——没想到我真的来了吧？

——有点儿意外，但也在意料之中。我知道你会来的。

——想不想我？

——想啊，我们的学生一直给我介绍对象，我都没有答应呢！

——抱我一下。

——嘘，小点儿声，我们的学生很可能会来偷听墙根儿的。

金灿灿的夕阳里，我们大呼小叫地逃开了，我们一直跑，都跑到村外去了。我们看见放羊的二哥，我们严肃地说，你必须和春花姐姐好，否则我们天天打你的羊！二哥奇怪地问为什么呀。我们郑重地说，学校里又来了一个女老师，如果你敢捣乱，我们就去堵你家的烟囱！山顶的箫声又吹起来了，我们飞快地向着箫声跑去，扔下一脸茫然的放羊的二哥。他感觉很无辜。

天空很蓝，羊在吃草，鸟在叫着。教室的窗台上，绽放开美丽的花朵，清凉的山风里，很香。两只蜜蜂，伏在上面。

狗撵兔

崔永照

虽是下午，夏日的太阳还很灼人。

我背着书包，拿着妈妈用布包着的刚出笼的四个馒头，从村子里的麦场走过。麦场上堆着一堆堆蘑菇似的麦秸垛，有几只鸡在悠然地刨食。过村口的小河，穿过一条林荫小路，爬了几十分钟的坡，才赶到夏山沟，我看见哥哥躺在树荫下的一块大石头上睡觉，有节奏的呼噜声擂得山响。羊像一朵一朵的白云在沟里慢吞吞地游动，优哉游哉地啃着肥美的草。

那年我十二岁，哥哥十四岁。几个月前，哥哥还和我在同一所学校读书。每个星期天，同学们都像快乐的鸟儿一样飞回家，可我却不快乐，有好几个星期天回家，发现父母总是眉头紧锁、长吁短叹的。

一天夜里，睡梦中的我，被嘈杂的话声惊醒，睁开惺忪的睡眼，看见父亲一口接一口地吸着劣质旱烟，呛得直咳嗽；妈妈在不停地抹眼泪；哥哥在一旁的矮凳子上坐着，低着头很痛苦的样子。听见父亲说家里穷，供不起两个孩子上学，就让我还去上学，哥哥去放羊，帮衬帮衬家里。哥哥哇的一声哭了，我的泪水也流下来，想说不上学了，让哥上学去，可我终究没有勇气说，我怕失学。

翌日，哥哥流着泪送我到村口，我听见村头小河的水呜呜咽咽，揪心地难受。

在学校里，曾经勤奋好学的我，有一段日子莫名其妙地厌学，总是偷偷地跟着几名老师经常批评的逃学、旷课的同学疯跑疯玩，更糟糕的是还迷恋上了看长篇小说，学业荒废殆尽。期中考试，我的学习成绩居然从班上的前三名，落到了后三名。开家长会时我诚惶诚恐，父亲的脸始终被失望的表情笼罩着，到家扔下一句话——期末再考砸了，就回家种地，你不是读书那块料。我想记住他的话，可是一到学校，那几名同学一招呼，打惯扑克的手就直痒痒；一想起引人入胜的小说，思想又走了神……

我叫醒哥哥，说，妈说你晌午没吃饱饭，让我给你送馒头。哥哥先催我读书，才拿过馒头狼吞虎咽地吃起来。我从破书包里拿出课本朗读，读书声弥漫了整个山坡，无意间发现哥哥出神地看着我读书。

第二天是周日，我嚷着要和哥哥一起去放羊，他答应了。这次是到西沟去，我家的黑狗“宝宝”也摇着尾巴跟着。天刚刚大亮，树叶上、草上都挂着晶莹的露珠，一会儿我俩的裤子就湿了，裤腿贴在腿上非常难受。羊群穿过那些灌木丛、野草，它们在羊的碰撞下不停地摇曳。忽然，一只野兔箭一般从一丛灌木中射出，“宝宝”一惊，撒开四肢，身体一耸一耸地向飞奔的兔子追去。

哥，“宝宝”去撵兔子了，逮住了咱可有肉吃了。我拍着手欢呼。

哥哥看了我一眼，没有作声，身体向前一倾一倾，腚撅得老高，往山上攀。他那身打满补丁的破衣服，看得我压抑而又不安。只几分钟时间，“宝宝”吐着红红的舌头，喘着粗气跑了回来。沮丧的它，瞅着哥哥不屑一顾的眼神，灰溜溜地跑到一边，跷起一只后腿撒尿去了。

哥哥这才开腔了，我知道“宝宝”的本领，它不是专门驯出来捕捉猎物的那种狗。它平时就看个家，是撵不上兔子的。末了，补充了一句，你上学也和狗撵兔一样，平时不好好学习，将来就考不上大学，啃不上白蒸馍，吃不上大鱼大肉。给我背几首唐诗听听！哥哥的话听得我怪不舒坦，咋把学习跟狗撵兔牵扯到一起，俗不俗？可我不敢犟嘴，低眉顺眼地给哥哥背了起来。中间我背错了一句，哥哥怒吼，你学习这么不用功，对得起谁？话落手到，一巴掌打在我的屁股上，疼得我直咧嘴。

回到学校，我画了一幅取名《金科玉律》的画：在一片绿茵茵的草地上，一只狗撒开四腿，奋力追赶前面的一只兔子。我把它放在书桌上，每当学习偷懒的时候、思想波动的时候，就看看这幅画，哥哥的话似又萦绕耳畔。我发奋读书，刻苦求学，期末考试成绩名列全年级第一。后来我考上了县一高，学习成绩仍是一直领先。三年后的那个暑假，邮递员给我送来了大学录取通知书，哥哥兴奋得就像自己考上了大学，一路狂奔着去给父亲报喜，把脚都崴伤了。

大学毕业后，我成了一名公务员。哥哥还在那几分薄田里打转转。我时常怀着一颗感恩的心，想起那个周日的上午，浓浓的暖流总是漾满了我的胸腔，绵延不绝，历久弥新。

少年小开

临川柴子

太阳落到山的另一边,西空布满彩霞。他就染一身霞彩,款款向我走来。

风吹起他的衣襟,吹动他凌乱的头发,他清俊的脸上挂着落寞,冷冷地打量着这方陌生的土地。看到我,孤傲的嘴角浮出一丝笑容。

这是我第一次看到小开,少年小开和全家一起从异地迁回故乡。

小开的到来,让我和红旗心生警惕。

红旗长得孔武有力,是村里的孩子王,他一开始就对小开充满敌意,或许是小开的冷峻和淡定让他不安,让他仇视和警惕。小开不懂拉帮结派,只是独来独往,冷漠得如同远山上的一片白云。他一回来就抢了我在班级里的地位,让我恼火。

我的数学得了九十八分,小开是九十九分,我恨得牙痒痒。

“考得那么好还哭啊。”放学路上,小开有意和我搭讪。我有点奇怪,他平时总是独来独往。“你不是考得更好吗?”我白了他一眼。

“嗨,我白高兴了一场,老师看错了题,错了却给我对。你看,就是这道文字题,我已经让老师改分了。你还是第一呀。”

“我才不在乎这个呢。”我言不由衷地说。“那你在乎我们做朋友吗?”小开很认真地看着我。

“当然。”我也认真地看着他,我知道,我心里一直就不拒绝他。拒绝他的是红旗。

红旗通知我孤立小开,他说全村孩子都这么做了,“孤立”是红旗惯用的伎俩。我也曾被孤立过,所以知道孤立的伟大和被孤立的痛苦。

“孤立我? 没想到红旗这么大的人了还这么幼稚。”小开一如既往的淡定。

“红旗就这种人,看不惯谁孤立谁。”

“他以为他是谁呢,你也要孤立我吗?”

“如果我要孤立你,就不会跟你说这些了。”

“那不就行了,只要你不孤立我,但同时你要背叛红旗了。”

“红旗算什么,像个笨熊。”我第一次说话这么斩钉截铁。

小开一下子抓住我的手,抓得很紧。

放学路上,红旗像一座铁塔一样挡住我们的去路。

“只要你离开小开,你还是我们的副司令。”红旗对我说。

“去你的副司令,我才不稀罕哩。”我和小开相视一笑。

“怎么? 找到靠山了,说话这么硬气?”红旗用力一拱我的身体,我立即后退了好几步。

“红旗,你想怎么样?”小开一把挡在我的面前。

小开并不比我高出多少,也和我一样清瘦,在身体发育良好的红旗面前,我们像两根儿瘦弱的野蒿草。

“怎么样? 老子早就想揍你!”红旗说话的瞬间已出拳,一拳“咚”地砸在小开的胸口。

小开怒吼了一声，像一只小老虎一样地扑了上去，那是我从未看到过的小开，他的脸上写满凶悍与野蛮。我也扑了过去，和红旗撕扯着，纠缠着，不依不饶。

结果，眼青鼻肿的我们成了最后的胜利者！

没有红旗的掺和，我们的生活更快乐。我们一起上学一起放学，一起养蚕宝宝，本来以为友情一直可以延续下去，我却要随同全家一起迁出了，命运总是喜欢捉弄人。

我和小开在江边堤坝上诉说离情，远处红旗一伙在无忧无虑地玩水。

呼救声就是在这时响起的，一个人在水中无助地扑腾着，像只快要断气的公鸡。

是红旗！

小开霍地站起来，我却拉住他，我知道红旗经常故意这样伪装，他水性很好。

但是小开挣脱了我，我看见他向红旗游过去，我看见红旗像抓住一根救命稻草一样地抓住小开，我看见他们在水中纠缠，最后，红旗一身水淋淋地被托上岸，小开却没有上岸。

河水依然平静地流着，只是，带走了小开。

很多年，我没有回过故乡，因为我无法面对那样一条河。

我回避它，回避一段不愿提及的往事。

很多年后，我可以平静地和河流对话，我听到风中的低吟，那是多年前熟悉的声音，难道说他依然在河边，做了河的守护神？

我只知道从那年后，河水再也没能带走过一条生命。

我看到过长大的红旗，他在河岸边建了一幢小楼，只是当他注视河面时，我知道他是决然不会想起什么的。他看到我的时候露出乡情般的笑容，殷勤地请我上他家做客。我看到他空阔的大嘴里有黄色的牙齿和绿色的菜根，突然知道，这么多年了，我依然无法消除对这个人的厌恶。

那次搬家，在阳光下翻晒东西，看到两样东西，我久久不能释怀。

一张泛黄纸张上的蚕卵，我奇怪这么多年过去了为什么没有长出蚕来。

我以为蚕化成了飞蛾，就飞得无影踪，却想不到原来会留下它的种子。一个人，当他不再在这个世界上生动地舞动他的身影，一定也会留下一些经久不息的记忆,温暖另一个人的寂寞。

一张照片,也已经泛黄了,被儿子看到,惊讶地叫了起来:“爸爸,这是以前的你吗？好帅哦,好像吴奇隆!”

我没有回答他,把长得像吴奇隆的小开,小心翼翼地储存在我记忆的文件夹中。

流浪去远方

朱耀华

我不知道我是怎么挤上了那列火车的。那列火车只在我家乡的那个小站停留了一会儿。最初,没有人注意我,因为车厢里挤满了人,他们来不及注意一个与他们毫不相干的小东西。

我在又臭又热的车厢里找到空隙坐下来,吃着带在身上的面包和火腿肠。后来,我睡着了。当我醒来的时候,已经是第二天早晨,列车刚好到站,我跟着乱哄哄的人流下车了。

公交车,高楼,大商场,我敢肯定,这是我曾经在梦中来过的大城市。我感到欣喜,也突然有点儿害怕了。我不知道我该往哪里去。

我身上还有五十块钱。那是临走的时候,我从父亲的抽屉里拿的。我决定悄悄地走,这个计划已经藏在我的心里很久了。我想狠狠地吓唬他们一下,看他们还离不离婚。

我在大街上漫无目的地走着。最后,我饿了,在一个漂亮的房子前面停了下来。门口,站着两个穿红裙子的大姐姐,有人进去或者出来,她们都要弯一下腰。从透明的玻璃窗里,我看到那里面有很多小孩子,他们面前的桌子上有个方盘,里面放着饮料和各种各样的食物。我的口水不由得流了下来,我知道这样不好,赶紧用衣袖揩了。靠窗有一个小男孩看看我,对我挤了挤眼睛。他的妈妈用手拍了拍他的头。我正怔着,一个人走过来对我说:"走开,走开走开!"

我就走开了。那五十块钱在我手心里攥着。后来,我在一个饭店里买了一碗水饺。我撒了好多胡椒面,把我的眼泪都差点儿呛出来了。那个胖胖的老板娘把我那张面值五十元的钱拿在眼前抖了好几下,又仔细瞄了我几眼,才找给了我一大把零钱。

我又回到了街头。转弯的地方有一个乞丐,他可怜巴巴地摇晃着手上的破碗。我犹豫了一下,给了他两毛钱。已走出几步,我又拐回去,把那两毛钱拿出来,换了一张五毛的扔进去。他张开满是胡茬儿的嘴巴向我笑笑,把一根大拇指竖起来。

我就这样游荡着,后来,我觉得疲倦了。在一个路边的小花园旁,我坐下睡着了。有人摇醒了我。睁眼看时,太阳已经暗了下去。一个矮瘦的男人站在我的面前,他的旁边还有一个装满废纸的三轮车。

他打量着我,笑了。他问:"你是从家里逃出来的吧?"

我点点头。我看得出,他的目光是友善的。"跟我走吧,就住在我那里。"他说。"你住在哪里?"我胆子大了些,问他。"天桥宾馆。"他说,向前边努努嘴,"就在前面不远,又宽敞,又舒服。"

我点点头。

他让我坐在三轮车上。三轮车摇摇晃晃地向前走去。他蹬着车,口里哼着莫名其妙的调子。一会儿,到了一座天桥,桥头有一个低矮的地方,撑着一个帐篷,周围还有几块挡风的木板。他把车停住,说:"到了。"

帐篷旁有一个女人,女人看见我,诧异地问他怎么回事。男人告诉她,是捡回来的儿子。我问:"这就是你说的天桥宾馆?"

他说:“是啊,怎么样? 不错吧?”说完,哈哈哈地笑了起来。女人也笑了起来。女人打开一个口袋,里面装着几个馒头。男人给了我一个。我在衣袖上擦了擦,狼吞虎咽地啃起来。吃完,他又给了我一个。他的手里还有一个大瓶的矿泉水,他喝了两口,给我。我喝的时候也先用袖口擦了擦瓶口。

晚上,我就和他们睡在那个铺着破棉絮的木板上,男人给我讲起了自己的故事。从他的故事里,我知道了,几年前,他们的儿子离家出走了,从那以后,他们就满世界地找。

“他应该和你差不多大了。”男人说,他的声音没有白天那么爽朗。

那晚上,不知怎么回事,我悄悄哭了。天一亮,男人就骑着三轮车上路了,女人则走向另外一个方向。只有在黄昏,他们才在那个叫“天桥宾馆”的地方会合。我坐在男人的三轮车上,和他一起在这个城市陌生的大街小巷里穿行着。

一个星期以后,两个警察找到了我。他们的手上拿着一张报纸,报纸上有一幅照片。我一眼看出来,照片上的人就是我。两个警察说他们知道我是谁,他们要送我回家。我说我不想回家,我已经习惯了这里。但是,男人和女人不肯收留我了。他们抹着泪,把我送到了车上。男人说,他们已经有了儿子的线索,也很快就要回家了。

第二天一早,我看到了爸爸妈妈那熟悉的面孔。他们迎上来,妈妈一下子把我搂进了怀里,爸爸又把妈妈搂进了怀里。

八岁那年,我的流浪生活就那么开始,又这么结束了。

恍　惚

田洪波

这是一件真事。

那时候我还小，也就七八岁的样子吧，家里的粗重活儿并不需要我动手，因此我就有了和黑叔接触的机会。

黑叔是开东风牌汽车的司机，每过个把月就会为我家拉一次煤。

黑叔的脸很黑，块头很大，大约有一米八多吧，手掌在我面前伸开像个芭蕉扇。我常出神地看他。

黑叔和我父母是朋友。当黑叔把一车上好的煤拉到我家门前时，我的父母早为他准备好了饭菜。这在当时是一种不成文的规矩，不管给谁家拉煤都是如此招待。全家人会忙着卸煤，而司机则可以自顾自地进屋喝酒吃菜。

黑叔曾和父母客气过,但父母依然不会怠慢他。当黑叔把车的一侧挡板打开后,父母就会把他让进屋里,备好热水让他洗手,烫好少许白酒给他解乏。黑叔盘腿坐在炕上享用喷香的饭菜时,我会把手指下意识地伸进嘴里,躲在外屋门角羡慕地看着他。开始我还有些不好意思,后来黑叔发现了我,就把我悄悄叫进屋。

黑叔的面前,摆放的是炒鸡蛋、油炸花生,还有白晶晶的大米饭,袅袅冒着醉人的香气。那时有“大米饭,炒鸡蛋,撑死王八蛋”的说法。我就经常在心里念叨这句嗑儿,直到黑叔会意地用筷子夹菜给我吃,我才再没有在心里冒犯过他。

黑叔有时会笑着问我,上学没有?或者问,就快上学了吧?我摇头或点头。黑叔接着叹息一声,人一定要有知识才行。然后望着我出一会儿神。有次黑叔问我,你的理想是什么?就是说你长大最想干什么?

我几乎不假思索,开汽车,像叔叔一样!把黑叔给说笑了。但他的脸很快又严肃起来,说,记着,人长大了可以有很多选择。比如,你可以当医生,为病人解除痛苦。可以研究一些难题,做一名科学家。人没有知识,很多时候会寸步难行的,就是一个干苦力的躯壳。

黑叔会问我一些家里的情况。我记得我也问过他,叔叔,你们家里有几口人?黑叔半晌才说,八口。

我不知道接下来还应该问他什么。后来黑叔给我夹菜,我吃出了难得的惬意,就非常乖巧地问他,家里就你一个人工作吗?黑叔显然没料到我会问出这样的话,定睛看着我,点点头,然后用手摸了摸我的脑袋。

那段时间,我们一大一小处得像好朋友一样。黑叔并不是每次都风卷残云,他时常会剩下一些饭菜,然后从怀里摸出一个小饭盒,把剩菜小心装进去,再用塑料薄膜仔细地包好。黑叔知道我不会把这事说给父母,因此,黑叔也坚守着偷偷给我菜吃的秘密。有时父母想支开我,但黑叔不让,说,正好我们爷儿俩唠唠嗑儿。而黑叔答谢父母的方式,就是给我家拉来又大又亮的块煤。

那时候的我是快乐的。我常盼着家里的煤快点烧尽,盼着黑叔的到来。那样我就又可以在伙伴们面前炫耀了。

那年冬天,我发现黑叔的饭盒大了一圈。而且,我注意到黑叔吃得不是很多。黑叔显得心事重重,吃饭时面对我的提问,常会讶然地抬起头,却并不能马上明白我的意思。有次我忽然问黑叔，你能吃饱吗？

黑叔长时间地瞅我，然后用手扳过我的肩膀，你长大了，以后会有出息的！

黑叔把饭菜多半都装在饭盒里。当然，黑叔不会少给我吃。

后来很长的一段时间，家里拉过两次煤，司机却不是黑叔。我也不敢多问，我怕父母知道我们之间的小秘密。我照旧会倚着门角羡慕地窥视司机吃喝，不过新来的司机并不待见我，只顾忙活饭桌上的。我有些失望，开始想念黑叔。

那天睡下不久，我听到父母说话，他们谈到的人正是黑叔。父亲说他出车祸了，好像下肢有可能截瘫什么的。母亲叹气，说，怎么会碰上这么档事呢？父亲说，听说，他家老三和老四这学期没考好，老师家访了，他精神有些恍惚，没把好方向盘，连车带煤栽沟里了……母亲又叹气，学习是长久的事，急个啥呢？

我的眼睛在黑暗中大睁着，眼前浮现出黑叔的笑容，不由得在心里问：黑叔还能站起来吗？

卖　瓜

赵宏欣

清早起五更就往城里赶，拉着一车瓜，爹把车子的背带拉得紧紧的，积攒着满身子的劲儿。我坐在车帮子上，感受着一缕清凉的小风，眼看着天色由昏暗变得明亮。很久没有去过城里了，心里痒痒的，有一种焦渴的期待。

车子在路上走了许久，由于早晨起得早，加之一路默声的单调，不知不觉在清凉的小风中睡着了，醒来的时候，眼前是宽阔的路面和林立的高楼，这时才发觉自己已置身在城里了。

爹选了个路口，就把车子拉上了铺着彩砖的人行道。这时我才看见爹的脊背差不多已湿透了一大半。爹从肩膀上取下擦汗毛巾，擦了擦脸面，又擦了擦脖颈，左右看了看说，二子，你在这儿看住，爹去给你端碗羊肉汤喝。

我便从仰望高楼中回过神儿来，望了望爹，露出笑脸，手很自然地抓住了车杆子，望着爹向一家羊肉汤馆走去。这时，我的嗅觉器官闻到了一种久违的沁人心脾的羊肉的腥香，心里就急切地馋。

不一会儿，爹便端了一碗热汤过来，手里还拿着一个焦黄的火烧。

二子，吃。爹说。

我接过那碗汤，看见上面荡着金黄的油层和绿绿的葱花，洋溢着浓郁的腥香。

我就近坐在一个光滑的台阶上，操了筷子便吃。先是吸溜一口汤，鲜鲜的；接着是吃一块泡馍，香香的；然后捞一片薄薄的羊肉片，一送到嘴中就化了。那种美味像酒一样醉着我的全身，又悄然浸到骨头里。

我吃完后，咂咂嘴，抬眼去看爹，才发觉爹蹲在一旁，在啃着一块从家里带来的馍块。我慌忙看了看碗，碗里已经空了，零落地挂着一层油花。忽然心里动了一下，又去看爹，爹却被几个人围住了，他们似乎想要打爹的样子，瞪着眼睛，狠叨叨的。

爹说，我走我走，我走还不成吗？忙从一个戴着肩牌的人的手里抓车杆子，那人又不给。这时，另一个戴着肩牌的人抢上前，嘎地撅断了我们家的秤杆，指着爹的鼻子，恶狠狠地瞪着眼睛。那一刻，我害怕极了，生怕他们打我爹，情绪紧张之中，空碗不由自主地从我的手上滑落，幸好碗在地上滚了滚，却没有破碎。我嗖地弹出去，去拾空碗。

爹说，求求你们啦，给我吧，我走还不成吗？大哥大哥，求求你们啦，求求你们啦！

那人说，罚款！罚款！

爹说，我实在没钱，半个瓜也没卖，哪来的钱？爹忙去翻裤兜，连裤兜布都掏出来让他们看。

那个撅我们家秤的人说，你差一点儿闯大祸，市领导要来检查，懂吗？

爹说，我是乡下人，我不懂，我走还不成吗？

那人无奈，急促地摆摆手，快走快走！

爹慌忙拉了车，仓皇逃离。我抱着那只空碗紧跟在爹的车后，路过羊肉汤馆的时候,我箭一样射进去,将那只空碗放进了里边的桌子上。

爹说,走,二子,这里不叫咱卖,咱得另找地方。

爹拐到一个偏僻的街口,见有人在那里卖瓜果,便也拉了进去。那里已经有几个瓜摊,他们的瓜果都鲜鲜亮亮,个大浑圆,一身的饱满,相比之下,我们家的瓜显得那么丑陋。爹一脸的无光。爹在那儿停了一会儿,没卖出一个,连问都没人问,爹看出了蹊跷,便默默地走开了。

我不解地跟在爹的车后。

爹走到一条背巷,找到一棵树,在那儿停了下来。不久,便有一个中年人来买瓜,问价钱,爹说拿吧拿吧,看中哪个拿哪个,论个儿卖,一块五毛钱一个。那人往下翻了翻,说,都是这样子的?爹说都是这样子的,那人就走了。爹忙说,便宜点给你,便宜点给你。然而那人头也没回。

晌午时分,又来了一个买瓜的,是个小青年,慌慌张张的样子。爹说,买吧买吧,一块五一个,这瓜甜哩。那青年犹豫了一下,又望了望别处,见没有别的瓜摊,便买了两个。爹高兴了大半天。

又有一个老头儿牵着一个小孩儿的手来买瓜,说是老头儿牵着小孩儿的手,倒不如说是小孩儿牵着老头儿的手。老头儿走到跟前,便露出了失望的神色。爹忙说,这是旱地瓜,甭看样子不强,甜哩,叫娃子尝尝?一块五一个,便宜哩。那小孩儿便立马从车上抢下一个,抱在了怀里。那老头儿说,这瓜不好,这瓜不好,到别处看看。那小孩儿不依。那老头儿没办法,只得买了一个。

爹说,这瓜真的甜哩。

晌午的时候,爹取出馍块,递给我一块,然后一拳砸开一个西瓜,说,二子,吃。我吃着馍块,看着行人从我的面前一个一个走过。爹说,二子,甭急,是瓜就有人买。

然而,爹没有想到,一天只卖出去了小半车瓜。

走在夜路上,风凉飕飕的。

爹拉着没卖掉的半车西瓜,心情沉沉的,半天没言语。

过了好一会儿,爹说,今年天旱,咱那山圪上又缺水,瓜个儿是小了些,这也难怪城里人不肯买。

是啊,我们这车瓜,在市场上露脸那会儿,同别人水浇地里长出来的又大又圆的西瓜相比,的确显得又小又丑。

爹又说,不过啊,二子,今年的瓜没种好不要紧,明年再种肯定比今年强。爹说到这儿,遇到了一个小陡坡,便攒着劲往上拉,吭哧吭哧的,没顾上往下说。上了小陡坡,爹从肩上取下擦汗毛巾,擦了一把汗,又接着说,二子,爹寄予你的希望很大,你可要好好学习呀,可不能像咱这车瓜没人买呀!你看咱这车瓜,卖着多艰难!

这时又遇到了一个大陡坡。上了这坡,离家就不远了。爹狠狠地攒了一把劲,喝道,拉呀——,二子。

我听到爹的喝声,赶忙拉紧纤绳,弓起瘦小的身子。那一刻,我紧咬着牙关,泪水在眼眶里热了几热,便滚了出来……

脚印里洼着几只蝌蚪

李国军

阵雨来时一点儿预兆也没有。

夏天急骤的降雨对于身为孩子的我来说永远是一场匆促的遭遇战。战争总以我的彻底失败而告终。每次冒雨跑回家,我都成了落汤鸡,而我并不以为失败。怕什么呢,来一场淋漓的大雨正好洗个痛快澡。光着身子在街上跑几个来回,原先湿透的衣服多半就干了。我明白,夏天的雨看起来凶巴巴的,又是打雷又是闪电的,却像山猴子一样没有耐心,狠狠地追过一刷子,见野地里没了人影,也就垂头丧气地溜走了。

雷声一走,不又是我们小孩子的天下!

那天下午,大雨来时我正在塘埂上放牛,一个闪雷在头顶炸响,一片乌云就遮住了天空,还没反应过来,豆大的雨点已经凶狠地砸在头上。

雷声挟裹着大雨汹涌而来，老水牛却一点儿也不急，不管我怎么拉缰绳，它还是慢吞吞地踱着方步，不时地，惬意地打两个响鼻，甩我一身的水。

牛是庄稼地的功臣，可不能怠慢了。我就是胆大包天，也不敢扔了缰绳自己跑，只能随着老水牛的性子慢慢往家里走。人家老水牛根本就没把这垮天的大雨当成一回事。它一边走，一边不时对着大雨长哞几声，低下头还不时啃几口田埂边的青草，大雨洗净了草上的灰尘，吃起来更可口哩。

又一个闪雷在头顶炸响，大雨好像给老水牛的悠闲惹得恼怒了，分外疯狂起来。四周只有很响的雨声，打在荷叶上，像擂着千百面鼓。野地里什么也看不见，我抹了一把雨水，眼睛还是睁不开。

刚才出坡时田埂上一块干硬的土坷垃撞得我脚趾生疼，这会儿，路上却早变成了汪汪的泥塘，一脚踩下去，黄泥淹没了脚背。我深一脚浅一脚在大雨里走着，后边是依旧对大雨无动于衷的老水牛。

等我终于把老水牛拴进圈里，头上已经擂了四次鼓。我脱下衣服走到屋檐下，大雨还没有停下的意思。院子里四周淌着泛黄的水流，连掉在地上的桉树叶子也给这平地洪水卷走了。

又为明天节约了一次扫地的时间呢。我拧着淌水的衣服高兴地想。

第二日又是个大晴天，大雨洗过的天空更加明澈，鸟儿的叫声比往日更加清脆悦耳，空气中发散着洁净的幽香。早饭过后，我哼着儿歌上坡打猪草，路过昨天的田埂时，惊奇地看见田埂中央洼着的脚印积水里游着几只小蝌蚪。我高兴地叫着，俯下身数了数，一共三只，旁边老水牛深深的蹄印里还有四只。青蛙妈妈也太粗心了，肯定把这脚印当成了小池塘。它不晓得，太阳一出来，脚印里的水就会给晒干呢。

我在路边摘了一枚桑树叶子，撮成一个圈，小心地舀些清水盛着，把七只小蝌蚪轻轻放进去，双手捧着桑树叶，将它们放进了几十米外的池塘里。

桑树叶子慢慢在池塘里散开，小蝌蚪们摆着尾巴游走了，只一瞬，水面上便没有了它们的踪影。

我哼着儿歌继续往坡上走去，蝌蚪就像我们这些淘气的孩子，长成青蛙后，是庄稼人的好朋友哩。

马蜂窝，海金沙

李国军

豌豆成熟时，野生的豌荠子也都饱了荚，麦地里、田埂上到处都是。我们小孩子采了满满两衣兜回来，小心剥开了，散去籽，掐掉开口的一头，放在嘴里猛吹。霎时，村子里到处都响起悠扬的麦笛声。老婆婆们听得烦了，捂着耳朵到处撵我们走，嘴里嚷着"吵死了，吵死了"，我们一边跑一边吹得更响。真是的，那么好听的声音，难道你们小时候没有吹过啊！

等麦垛子架起来，田埂上最小的树也变得臃肿不堪，拾尽了田野里散落的麦穗，第一顿新麦面还没有尝到嘴，海金沙就饱籽了。

麦收后有难得的闲空，跟着暑假一到，村子里就热闹起来。趁着中午大人们午睡，小伙伴们三五个一群到野地里山坡上四处寻找草药。这时候莎草老了，铜针刺疙瘩也可以挖了,跟海金沙一样,这些都是中药,弄回家晒干了,背到几十里外的县城里卖掉,可以换回喜欢的小人书,还可以存几个零花钱。

整个暑假,我、火牛子、壮娃子,背着背篼把方圆近十里的山坡都找了个遍。我们只割海金沙,因为它价钱高,一小背篼就能卖十几块,哪里像莎草、铜针刺,背得汗流浃背,也换不回几个钱。

"海金沙都长在陡崖上,叫他们来割,谅他们也没有这个胆子!"火牛子轻蔑地鄙视了三娃子他们一通,把拴在腰间的篾索紧了紧,把镰刀别在裤腰上,吐口水润润手心,抓住绳索,朝我们喊一声:"你们慢慢往下放,有点陡,莫放快了。"

我和壮娃子早将绳子一头系在崖边的松树上,脚蹬在树根下,使出吃奶的劲儿才把火牛子放到五六米高的悬崖下。那儿有一个平台,长着茂盛的海金沙,割上来,我们每人都能分一大把。火牛子每次都主动要下去割,我和壮娃子在上边拉,每次都拉得手疼,红肿小半天。不过看着茂盛的海金沙,心里都美滋滋的。

我和壮娃子正抱了树干探头往下望,就听见下边的火牛子"哎哟"大叫一声,正在纳闷,数十只马蜂嗡嗡轰鸣着飞上来,壮娃子大喊一声"妈呀"跑开了。我赶忙趴在树根下动也不敢动。大人说了,马蜂随风,人走风来,越跑越容易被蜇。

"快停下来,趴在地上,不要跑!"我大喊时,壮娃子已经大哭起来,蹲下来双手乱拍,已经给马蜂蜇了。我赶忙砍了一根枝条去打他身上的马蜂,刚把他身上的马蜂赶走,正得意间,脖子上针刺般痛,我不觉"哎呀"叫出了声。

我们也是胆大,一边哭着一边追打马蜂,直到将飞来的马蜂全杀死了,踩进稀泥里,才抽搭着相互用力挤出肉里的毒刺。火牛子已经在下边喊了:"你们快扯一把谷草来,我把马蜂窝烧了,给你们报仇!"我俯在悬崖边问他怎样,他说只是脸颊和手背上蜇了两下,毒刺已经挤出,比我和壮娃子轻多了。

壮娃子咬牙切齿抱来一捆稻草,用绳索小心放下崖去。火牛子胆也大,红着眼睛慢慢靠近马蜂窝,蹲下去擦亮火柴点着稻草,轰地放到马蜂窝下。阳光中,马蜂窝嗞啦嗞啦燃烧起来。等烟雾散尽,枝条上只剩下了光秃秃的枝丫,几只燃掉了翅膀的马蜂在草里扑腾,全被火牛子打落到悬崖底下去了。

等火牛子割了海金沙爬上悬崖,我们三个人的脸都肿得比平时大了许多。壮娃子最惨,眼睛已经眯成了一条缝。我们嘴里嘘着气,咒骂着该死的马蜂,哭哭啼啼回家去。大人们一见吓坏了，赶忙叫来了山梁上的杨医生，每人打了一针。真倒霉，屁股上又是一阵疼。

这次被蜇的经历终生难忘，第二天起床，脸肿得更大了，一村的小伙伴们追着叫我们“包老爷”。嘲笑倒在其次，大人们晓得了我们四处爬悬崖的英雄事迹后都吓得不行，再不准我们割海金沙。还编故事说哪块哪块悬崖曾经摔死过人，那人的阴魂正在找“替胎”呢。悬崖我们不怕，可一听说有鬼，我们就后背发凉，再也不敢去崖边割海金沙了。

这个暑假我们三人的损失不小。等海金沙晒干了，抽一个晴夜，我们大半夜就背着海金沙出发了。天一亮赶到县城，每人卖了十几块钱。我跑进书店，买了整整十本一套的小人书《碧血剑》，袁承志和温青青的故事究竟怎么结束，还有那个让人怜爱的九姑娘，这回总算可以清楚知道了。小人书五毛钱一本，我花去了五元钱。走了半夜山路，肚子早饿惨了。我们跑到街边，每人向摆摊的老爷爷买了三颗麻丸子，甜甜的，脆香可口。我们一边吃一边顶着炎炎的烈日往回走。

半路上口渴了，壮娃子要买五分钱一杯的冰水，被我劝住了，前边半山腰就有一口凉水井，比冰水还凉呢！割海金沙多不容易，还是别花那冤枉钱吧。惹得卖冰水的阿姨直拿白眼珠子瞪我。

麻丸子太好吃了，至今回想起来，还是满口甜津。

白月光

李国军

常常做梦，梦中总有白月光倾泻而下，柔柔的白月光，忧伤的白月光。

少年时，白月光升起的夜晚，我幼小的心灵里总有一股莫名的兴奋和恐惧，但经过了那个独自行走的月夜后，我的恐惧不见了。

杨老师终于写完了最后一个数字，将手里写得只剩一丁点儿的粉笔头放在黑板下，拍着手转过身来，清了清嗓子。我清楚，几句安全叮嘱过后，就要放晚自习了。我再次望了望后排的座位，空空的，火牛子他们没来上自习。

我望向窗外，一片银白色的月光泻下来，高高的玉皇山黑黝黝的，看不分明。风一阵阵从开着的窗口吹进来，掠来熟悉的收获气息。

可我的心里，没来由地打起了鼓。

想起今晚要一个人走那四五里山路，还要经过两片坟场，虽然有月光，我心里还是怕得要命。

放学了，我跟着王东他们往家里走。月光下的公路，对我们这些刚结束一天辛苦学习的六年级学生来说简直就是天堂。有女生同路，男生们夸张地笑着跑着，讲一些自以为有趣的故事，一天辛苦的学习劳顿也烟消云散了。只有我，一言不发跟在后边。到前边路口，就只剩下我一个人了，想着那长长的、黑黝黝的山路，那一个个离奇的鬼故事，我手心已经出了汗。

与王东分开后，我一路小跑起来，口里大声唱着歌。即便如此，我还是听见了自己怦怦的心跳。听大人们说，前边的石垭子路口常常闹鬼，前些年，一个放学晚回家的孩子就在石垭子迷了路，等大人们半夜找到他，他睡在乱草坟场里，嘴里塞满了沙子。大人摇醒他，他说几个老婆婆请他吃晚饭，一桌的好菜。

这故事让我悚然，心跳也更厉害。此刻，清白的月光那么诡异，我觉得四周似乎有无数双眼睛盯着我，身后好像有人跟着的沙沙脚步声。往前看，那每一枝摇曳的树枝似乎都藏着一个叵测的东西，正等着我过去。一边飞跑，我一边在心里把火牛子他们几个骂了一千次，火牛子偏偏要在这个时候生病请假，福寿子到外婆家去了，爱琼子进城没回家，李家湾就我们四个人上六年级，害得我一个人走夜路。

浑身每一个毛孔都张大了，汗毛一根根竖起来。越走近石垭子，我心里越发怵，我似乎已经听到了那几个绿眼睛老婆婆阴森森的笑声，脚步几乎挪不开了。我多么希望，这时候后边会走来一个夜路回家的人啊。

我转身望了望朦胧的山路，没有，什么人也没有。只有一阵阵夜风，轻拂着黑夜。

不怕！我在心里告诫自己，鬼神都是假的，我要像英雄好汉们那样勇敢。我握紧了拳头，在头脑中将以前小说里看过的英雄事迹复习了一遍，心里竟慢慢平静下来。

好吧，往前走！我长长舒口气，抬头看看银白色的月光，它还是那么清澈地照耀着收割的原野。四周寂静一片，山川、禾稼、树林都沉在这银白色的遐想中。已经是残秋了，山谷的风吹在身上，有丝丝寒意。我不觉打了个寒战，俯下身，捡了块石头拿在手，望望前面的石埡子山谷，黑黝黝的，啥也看不清。

我深深吸了口气，快步往前走去。

一走进石埡子，月光就给树林挡在了外边，两边林木森森，静得可怕。黑夜给人一份难言的威压，我攥紧了石头，眼望着旁边幽静的坟场，真要有鬼，我也不怕你！

眼看就要走出阴森森的石埡子，下面村庄已经隐然在望，有星星点点的灯光传过来。我暗自松了口气，正要放下石头，突然一只鸟儿扑棱着翅膀从身后飞入黑黝黝的林子里。

“谁，干什么的？！”

我一屁股跌坐在地，惊惶的叫声引来了村子里一片狗吠。我战战兢兢爬起来，揉着摔痛的屁股蛋子往回走。此起彼伏的狗叫声，似乎是最动听的乐曲。

走出树林，走进村庄，我又望了望天空那惨白的月光，它那么明亮，那么安详。

轻　功

陈　超

1994年,我上小学四年级,我哥上初中一年级。那时候,我俩攒钱汇款买了一本武功秘籍,准确地说,是一本轻功秘籍。书的封面,画着个和尚,他半蹲在一个大水缸的边缘,貌似刚从地上飞上去的。我说:"这大缸太牢固了,司马光绝对砸不烂。"我哥说:"咱们开始练习吧。"

照着书中的要求,我们购买了两套绑在小腿上的沙包。我和哥哥开始每天绑着沙包上学,于是上学的脚步变得极其沉重。我很用心地练习,出家门和快到学校大门的时候,都是跑步冲刺。那时我家在四楼,我们开始在上楼梯时采用双脚跳跃式,从一开始的一次跳两级台阶,慢慢变成跳三级。有时候想挑战一下四级,但我怕变成"四级残废",基本上都选择放弃。

那是一个晴朗的周末,我和哥哥站在乒乓球桌旁,将小腿上的沙包卸下。尽管我们明白,电视上的那些从地上飞到墙上的轻功,都是采用“倒带”达到效果的,但我们还是毅然决定“起飞”一次——原地双脚起跳,征服乒乓球桌。

哥哥先在原地垂直起跳,并让我看看是否超过了乒乓球桌的高度。我说:“超过了。”他噌的一下就上了球桌。哥哥居高临下,说:“弟弟,你上来,就像我这样。”我说:“我……我再练习一下。”我一边原地跳,一边想了想我的同桌晶晶姑娘——可能要永别了,课桌上的“三八线”可以抹去了。我双腿一用力,脚尖一弹,眼睛一黑,小腿胫骨直接撞上球桌边缘,跪倒在桌上。哥哥赶紧帮我检查伤势,说:“破皮儿,没事。”我说:“哥,你轻功好,以后我们打坏人时你攻上,我攻下。”

现在想来,当时的我们其实已经在练习跑酷了,进入了飞檐走壁的最初级阶段,看到墙我们都会靠瞬间加速在墙上留下一串弧形脚印,嘴里哼哼哈哈的。

在一次体育课上,体育老师做了一次百米跑测试,我跑了个第二名。第一名跑过来与我惺惺相惜,他说:“差点就被你追到,不然我轻功白练了。”我说:“啊?轻功?”他说:“这是我的秘密——保密哦!”我点点头。放学后,第一名拉着我到了一个角落,从书包里抽出了他的轻功秘籍。“啊!大缸!”我喊道。

我急匆匆赶回家,向哥哥汇报情况。哥哥沉默不语,闭着眼躺在床上,没脱鞋。芦笛牌录音机正放着一首男女对唱,男人的声音比较柔。后来,我才知道他叫张信哲,那首歌叫《有一点动心》。接下来的日子,哥哥常常那样躺着,那样听着歌。对此,我有点耿耿于怀,开始怀念起与哥哥一起练习轻功的日子,开始痛恨那些绵软无力不知所云的情歌。

那仍然是一个晴朗的周末,我再一次站在乒乓球桌旁。一只鸟站在电线上看着我。

当我站在乒乓球桌上时,耳垂下有风划过,一种站在世界肩膀上的感觉顿时占领了我整颗心脏。我迫不及待地冲回家,哥哥仍躺在那里。我说:“哥,我成功了!”哥哥轻声说:“弟弟,你过来,躺在这儿。”我走过去,躺下,十指交叉放在肚脐上,眼睛刚闭上,音乐就流淌进我的心里。那些歌词、那些旋律让我有点措手不及,副歌部分,晶晶姑娘的样子竟然在我脑中成为一幅纯美的简笔素描。

我跳了起来，拿着沙包夺门而出，在院子里跑出一身汗。

时光毫不犹豫地自顾自地埋头前行，整个初中，由于我的轻功基础，只要是用腿的体育项目，我都表现不错，听过终点线旁女生的尖叫，吃过三级跳时扬起的沙子，挡过对方前锋的重炮轰门。中考体育，除了铅球，其他两项用脚的项目都是满分，当时我很后悔小学没买那本《大力金刚掌》。到了高中，练习轻功的日子越来越少，光天化日之下反复跳上乒乓球桌的举动会被视为脑子进水。随着学习任务日益加重，我深刻感受到：轻功让我步履轻盈、健步如飞，却无法让我的学习突飞猛进，也无法让我跟上女生早熟的思维。为了学习，甚至要把自己的青春暂时活埋。

工作后应酬很多，大学时候开过酒吧的我早已对酒产生了恐惧，但常常不得不喝。有一天，我们公司请某局领导吃饭，这位领导很有个性，一坐下来就叫服务员把酒全撤了。他说他想多活几年，他说他从小就喜欢运动，他说他不喝酒这个习惯惹毛了很多领导……他说了很多话，但让我最吃惊的是，他笑着说他小时候练过轻功。我第一个大笑起来，他也大笑起来。我明显地看见，他眼里泛着一抹光。

捕　鱼

黄　凌

小时候,老家有很多鱼。鱼是农村娃的伴儿,是农村娃的乐儿,也是农村娃的书本。

我们村叫水田冲。顾名思义,田是水田,以种水稻为主;冲,为通行的大道,指水田多的意思。一块连一块水田,一眼望不到头,秧苗青青时,犹如绿色走廊,到稻子成熟时,就成了金光大道。村有两道冲,分前冲后冲。为保证水稻用水,村民们在前后冲的上头各挖了两个堰塘,用以蓄水灌溉。顺塘而下,便是灌溉小河沟。水是鱼的家,又是鱼的娘,鱼的恋人。水在鱼生。于是,堰塘、河沟便居住着各类的鱼儿,有川条、鲫鱼、火头,还有老鳖、泥鳅、黄鳝等。

我和村里的其他孩子一样,是在捕鱼中长大的。捕鱼的地方就是堰塘、河沟、稻田。捕鱼的工具很多,有网、篼子、鸡罩、渔钩等。还有就是不用工具，用手摸，或把一个水荡上下一闸，用脸盆或水桶把荡里的水泼干，竭泽而渔，大鱼小虾，尽悉收获。

夏季是捕鱼的好季节，雨水多，鱼儿多，水也不凉。每当雨后河沟发水，几个小伙伴便拿来篼子往河沟窄处一堵，三五分钟一取，每取必有收获。大多是一拃长的白川条，还有顺水而下的野生鲫鱼，从堰塘里跑出的人工养殖的草鱼、鲢子等。每场雨，只要一发水，我们就能捕到不少鱼。不下雨时，我们在堰塘里学凫水、洗澡，或给水牛冲洗，顺便摸摸鱼。往塘的四边，顺着脚印摸下去，能一个接一个逮着卧在脚印里的鲫鱼。我们把摸出的鲫鱼用野蒿秆一穿，不一会儿就是一串。走运的时候，走着走着，在淤泥里就踩着了老鳖。顺脚摸下去，两个手指抠着鳖的后两个腿窝，拉出水来，再大的鳖它也咬不住你，因为，鳖脖子短。有时，我们在河沟里洗澡捕鱼，在沟里的泥洞里摸，或在石头缝里摸。有时候摸出黄鳝来，不走运时，摸出的是水蛇。尽管水蛇无毒，摸泥洞、石缝时我们还是特别小心。我们也常常把河沟里的水荡泼干来捕鱼，运气好时，荡底一层大大小小的鱼，活蹦乱跳，煞是喜人。扫兴时，荡底里一条鱼也没有，白费了泼水的劲儿。有的水荡子很大，我们就挨班用盆或桶往外泼水，看着水面一指一指往下，我们胜利的信心一指一指向上涨。有鱼时，我们吹着口哨，喜成一片；没鱼时，也不抱怨，然后再换个荡子，有时也收家伙打道回府。

我们爱捕鱼，也爱看大人们捕鱼。他们也是堰塘、河沟里摸，却不干闸荡捕鱼的事。天旱的时候，要把堰塘里的水放到稻田里，以免秧苗干死。水一放，放到快见底时，塘里的鱼沉不住气了，乱窜乱跳，挤挤扛扛，东躲西窜。这时大人们就从家里拿来鸡罩，裤腿一挽，像下饺子一样，扑扑腾腾下塘罩鱼，罩子一起一落，像油田打油机。鸡罩罩下去后，大人们用手向罩里一搅，碰到鱼，鱼准没跑。有时凭感觉，或听声音，有鱼就下手，无鱼接着罩。下塘里的人多了，水就浑起来，在浑水里鱼被呛得抬起头，正好浑水摸鱼。鱼好逮，鳖不好逮。大人们就用手拍打水面，或用盆子扣水面，让咚咚的响声把鳖震出水面，往往也收获不小。后来，生产队在堰塘里放了鱼苗，到打鱼时，不再放水，或少放点，抻开大网，像树间伐一样，捕的是大鱼，小鱼仍放回重养。

上初中的时候，我学会了钓鱼。我到矿山门市部买来渔钩和尼龙线，在竹园里挖一根竹竿作为钓竿,再到菜园里挖一瓶蚯蚓,就万事俱备了。钓鱼,当然要在堰塘里钓。堰塘常年蓄水,就是到了天干地旱,人们也不把水放完,而且不是年年干旱无水,大多风调雨顺。所以,堰塘里的鱼很多。小孩儿钓鱼一没经验,二没耐性,往往收获甚小。后来,我们用钢索上的钢丝做成直鱼钩,两头磨尖,中间系绳,串起蚯蚓,往水塘里一放就不管了。上午放下午收钩,或下午放傍晚收钩、傍晚放第二天一早收钩,往往收获不小。我下钩不是下一个两个,沿着塘边一下就是一溜,反正愿者上钩,这个钓不住,那个钓得住。钓的都是鳖,有时也钓住一些黄鳝、泥鳅。真不知那时塘里有多少鳖,好像总是钓不完。

我们儿时捕鱼,完全是一种乐趣。有时是小孩儿们逞能,看谁比谁逮得多,事后就把鱼重新放回水里,一般都不会拿回家让大人做了吃,大人还嫌费柴费油呢。只有等捕得多时,或捕住了大鱼,大人才给你摆弄着吃。有时,也把鱼喂家里的猫。鳖是不扔的,但也不让小孩子吃,大人会说小孩子吃鳖以后字会写得跟鳖爬似的。所以,小时候钓了不少鳖,从来没吃一口。上初中时,鳖的价格很贵,一只鳖能换块把钱,相当于二十来个鸡蛋。因此,把钓的鳖拿到毛集街或矿山,都换成了学费。

这些都是儿时的记忆。现在的家乡早已塘涸河干,哪里再寻儿时的钓处?我真希望时光再倒回三十年,重温儿时的梦:水儿乖乖,鱼儿乖乖。

看电影

孙卫卫

刚刚在村部商店门口，我们看到了自行车驮着的电影拷贝，电影放映员挽着裤腿，在旁边歇脚呢。人们把自行车围住，以各种姿势看拷贝上用油漆写着的电影名字。

真演《第一滴血》呀？

在哪个村？

果真在那个村啊？

老王家吗？

那个放映员有一搭没一搭地回答着大家的问话。他惜字如金，好像说的每一个字都是秘密，他极其不情愿让“敌人”知道。

老王家要放电影的消息，瞬间传遍学校。晚上的电影成了下午讨论的最主要的内容，所有的课好像都是在为晚上的电影预热。

看过这部片子的人，一下子成了新闻人物，大家都想先听为快，希望他讲一讲电影的情节或者片段，越多越好。看过电影的人，这时故意讲得很慢，但是，绘声绘色，眉飞色舞，好像这个电影就是他本人演的一样。那个神气劲儿，跟刚才歇脚的电影放映员没有两样。

终于等到了放学。大家匆匆吃完晚饭，迅速向老王家集结。

没有规定几点开始放映，天一黑，看着到来的人差不多了，放映员开始工作起来。他有意让动作慢下来，倒片，试验音响，调试镜头。一束光倏地打在银幕上，一些人就故意伸出手，大声喊叫着，在那里张牙舞爪。放映员早就习以为常，调好后，他灭了灯，底下又是一片大叫。

过了一会儿，他又开始调试镜头，那些人继续在镜头照射处摇头晃脑，有的还打着口哨。灯又灭了，这一次换来的是嘘声，伴随着一个人的喊叫，快开演呀，更多的人加入进来，把自带的小板凳拍得响亮，算是示威。

演了一个破除迷信的纪录片，又停下来。大家嘘声一片。

后来得到消息，《第一滴血》今晚同时在两个地方上映，得等另一个村子放完一卷后，专人骑自行车将拷贝带过来，这边才能开始。

也不知道消息的真假，大家只能等待，顶多喊几句，快开始吧，都几点了！也有几个人威胁道，再不放，就把机器砸了。

终于开始了，放映员也加快了工作节奏。忙中出乱，竟然把片子装反了，银幕上，人的脑袋朝下，大家哄笑。

等电影演完，已经是凌晨一点了。

夹着小板凳，大家成群结队，谈论着电影中哪个地方好哪个地方不好，往回走。天更黑了，那时候，没有带手电筒的习惯，踩到水渠里，掉到沟壑里，也是常有的事。

冬天演电影的时候多，因为冬天结婚的多，但是，并不是每一家结婚都演电影。我们白天看到了拉新娘的婚车，知道是谁谁谁结婚，也都传说他们家晚上会演电影。我们提着小板凳，穿着厚厚的大衣，到人家家里一看，根本没有电影的影子。主人说，演什么电影？我们怎么不知道？

主人拿出香烟，给我们同行的大人分一支，说抱歉了，抱歉了，让你们跑这么远。

我们只好打道回府。

放什么电影，似乎不是出钱的人决定的，放映员从电影公司取到什么片子就是什么片子。我就看过京剧《徐九经升官记》，而我们那个地方，是从来不听京剧的。好几次，听到外村有放电影的声音，我们赶紧跑过去。运气好一点儿的，加演的科教片还没放完。运气不好，正片已经演了两盘，前面演了什么，为什么是这个结果，只好去猜。

去晚了，就蹲在银幕的背面看，没觉得有什么不舒服，即使敬礼时举起的是“左手”，字是反着的，我们也不在乎。每个人都看得有滋有味，根本不去想看完后走老远的路才能到家。

上　套

仲维柯

爹说:“等把你送到学堂上了套,就没这么自由喽!”

七岁的我并不理解什么是“上套”,仍爬墙、上树,满世界地野。

跟我们一起野的还有我的堂哥,虽然年龄长我们七八岁,个头也高出我们许多,可扔下书包扎进我们“学龄前”堆里,仍野性十足。

堂哥,黑黑胖胖的,宛如生产队牲口圈里的那头黑骡子。春日里,他带我们去土山折桃花;盛夏酷暑,领我们去圣水泉泡澡;秋天庄稼熟满坡,率我们到大台田偷队里的玉米棒子;雪后的冬日,撺掇我们到大队院里捕鸟……

那天,堂哥又率领我们这群“野孩子”到生产队牲口院来“骚扰”了:想办法薅些马的鬃毛去套蜻蜓。不巧,管牲口的三爷不但在那儿,两只眼还瞪得圆圆的,直瞅那头肚子鼓鼓的母牛老黑。

老黑被三爷牵到院西的柴草堆旁边,不停地叫着,似乎很痛苦。堂哥说:“老黑要生小牛犊了。”我们一头雾水:“小牛犊是母牛生出来的?”我们正迷惑间,站在老黑后腚旁的三爷双手托住一块肉乎乎的花花的东西;等我们凑上前时,一头黑白相间的花牛犊已完全落在三爷手中了。

牲口院里忽然多出来一头活蹦乱跳的花牛犊,着实勾引我们的魂儿。堂哥上学去了,我们这群“群龙无首”的孩子便到牲口院去看那头花牛犊,并且,还给它起了个好听的名字——花花。每每一窝蜂围住花花,总会遭到三爷一顿呵斥:“小兔崽子们,那可是咱队里的宝贝疙瘩!”

有时,我们不得不到田野里去看花花,因为老黑要到田里去耕地了。犁地的号头(使唤牲口犁地的人)套上老黑及其他两头牛,在板结得异常坚硬的黄泥地一趟一趟艰难地犁着,即便这样,它们的背上也少不了一道道血红的鞭痕。这些,我们倒是毫不感兴趣。我们在那开满鲜花的草地上大呼小叫地追赶着花花,丝毫感觉不到空气中已弥漫了浓浓的新翻泥土的气息。

花花长得可真快,一开春,已经到我们的肩膀高了。

夏日里一个傍晚,队长到了我们家,跟爹说:“可别让你们的娃到牲口院里耍那头小花牛了,它野得很!今儿,瘸老三就让它顶了个屁股蹲儿,现在还在床上躺着呢……”我听了,心里直乐:“咱的花花可真有能耐!”

有能耐的花花也有没招的时候。那天,花花又跟着老黑下坡了,我们蹦着跳着跟在后面,心里盘算着在野外跟花花来一场嬉戏。可到了地里,使唤牲口的号头并没有让花花陪我们一起玩耍,竟然也将它上了套,夹在老黑与另一头黄犍牛中间。起初,花花似乎不怎么反抗,可等到开始犁地,终于忍受不住了:左拧右搓,力图摆脱身上的绳套——绳套从肩到背,从腰到肚,丝丝相扣,道道相连,怎么好容易摆脱呢?一声清脆的鞭子声响起,花花惊恐地向前猛冲,绳套勒进皮肉,一片血肉模糊……我们惊异地看着昔日的玩伴,呆呆地站在那里,像一只只受了惊吓的土狗。

那块地终于犁完了,号头们揩了揩额头的汗滴,说:“让牲口歇一下吧,咱们也好抽袋烟。"三头牛卸了套,我们忙跑过去招呼花花,它理都不理我们一下,只是静静地趴在老黑旁边,嘴里不停咀嚼着。

花花不理我们了,我们好伤心!不知怎的,又想起了领我们到处野的堂哥——这才记起堂哥好一阵子没领我们玩了。我们一窝蜂跑到堂哥家,他眯缝着眼,懒懒地躺在床上,无精打采地说:"哪有工夫去野?下午还得跟爹到生产队干活呢!"——原来堂哥已经下学,到生产队挣工分了。

吃晚饭时,娘对我说:"李校长刚才来过咱家,说让你明天到村小学报到,都八岁了,不能再满世界里野了……"

看来,爹说的"到学堂上套",也许真的到来了。

一 棵 树

吴志强

20 世纪 80 年代中期，爷爷在我们老家的集镇上开了一个家具店。爷爷曾经是木匠，因此，店里的家具基本上都是他自己打的。当时，大街上有几家家具店，但生意都没有爷爷的好。其实，每个家具店的品种和款式都差不多，由此，我禁不住问爷爷：为什么集镇的人都买我们店的家具，都说我们店的家具好呢？爷爷神秘地笑了笑，说："明天就带你找答案。"

第二天一大早，天刚蒙蒙亮，爷爷就把我从床上叫起来。他早就套好了牛车，带好了钢锯。我知道，爷爷要带我去山里伐木材。行了十里多路，我们终于来到大山脚下，要说是山，其实并不高，至高点也不过几十层楼房高，但老家人都这么喊。

爷爷把牛车拴在了山脚下，拉着我的手一直往山顶攀。我好奇地问爷爷:“山脚下那么多树可伐,为什么要费这么大力气爬到山顶去?”爷爷笑了笑,用手指了指旁边几棵树说:“你抱抱,看它们究竟有多大。”那年我才七八岁,根本不明白爷爷的用意。但还是伸出双手,一连抱了好几棵,我发现,这几棵树中最大一棵我双手环抱还有那么一大截手重叠。攀上山顶,爷爷又指了指旁边几棵树让我抱抱,这里每棵树我双手都抱不过来。这时我才明白,山顶的树比山脚的树要粗壮。

“山顶的树不仅粗壮,而且夯实,用它们来打家具,非常牢固。”爷爷一边锯树,一边向我解释。

“同样一种树,为什么山顶的粗壮,山脚下的树细小呢?”我打破砂锅问到底。

爷爷停下手中的活,揩了揩额角上的汗珠,不温不火地指了指山北方向,问我:“你看,山北边有什么?”我顺着爷爷手指的方向看了看,眼前一片空旷,极目远眺,好像是天的尽头。于是摇头回答说:“什么都没有啊!”爷爷很肯定地接过话茬:“有,那是从遥远的北方刮来的风和西伯利亚刮来的寒潮。”爷爷一手叉腰,一手远指,犹如一位哲学家。

“这和风与寒潮有什么关系呢?”我大惑不解。

“当然有关系,长年经历风吹雨打的树木,生命力极强,根系特别发达,根系发达,从泥土中吸取的养分就充足,因此,长得也特别粗壮。”说着,爷爷转过身指了指山南的山脚,继续向我道来:“你再看看那些树,背后有大山抵御风和寒潮,从树枝到根系都得不到锻炼,长得也就瘦小脆弱。若用它们来打家具,不仅易折易裂,而且易受虫蛀腐蚀。”

听完爷爷的讲解,我恍然大悟。于是,在山顶英雄般地立下豪言壮语:“我长大了一定做一棵山尖上的大树。”

爷爷听后,摸摸我的头,爽朗地笑了。